Stefan Slupetzky, 1962 in Wien geboren, studierte an der Wiener Kunstakademie und arbeitete als Musiker und Zeichenlehrer, bevor er sich dem Schreiben zuwandte. Er schrieb und illustrierte mehr als ein Dutzend Kinder- und Jugendbücher, für die er zahlreiche Preise erhielt. Mittlerweile widmet er sich aber vorwiegend der Literatur für Erwachsene und verfasst Bühnenstücke, Kurzgeschichten und Romane. Im Rowohlt Taschenbuch Verlag sind seine Kriminalromane «Der Fall des Lemming» (rororo 23978), «Lemmings Himmelfahrt» (rororo 23882), «Das Schweigen des Lemming» (rororo 24230) und «Lemmings Zorn» (rororo 24889) erschienen.

«Eine herrliche Lektüre für Menschen, die böse Unterhaltung mit abgründigem Happy End schätzen.» (Oberösterreichische Nachrichten)

«Aus schrägem Blickwinkel und pointiert setzt sich Slupetzky in seinen Erzählungen in vergnüglicher Weise auf die Fährten eines großen Gefühls.» (buecher.at)

Stefan Slupetzky

Absurdes Glück

Bittersüße Geschichten

Rowohlt Taschenbuch Verlag

Veröffentlicht im Rowohlt Taschenbuch Verlag,
Reinbek bei Hamburg, März 2012
Copyright © 2004 by Picus Verlag GmbH, Wien
Umschlaggestaltung any.way, Barbara Hanke/Cordula Schmidt
(Umschlagabbildung: Michael Sowa)
Satz Dolly PostScript (InDesign)
bei Pinkuin Satz und Datentechnik, Berlin
Druck und Bindung Druckerei C. H. Beck, Nördlingen
Printed in Germany
ISBN 978 3 499 25808 4

Inhalt

Eine Wiener Romanze

L izzi hatte fast alles. Nur keine Wohnung. Aber weil Lizzi fast alles hatte, hatte sie Charly, und der hatte eine übrig. Eine Wohnung nämlich. Charly hätte sie ja vermietet und Lizzi zu sich genommen, aber Lizzi sagte:

«Weißt du», sagte sie, «wohnen ist schon gut, wenn ich alleine tu. Das ist wegen den Schwingungen. Da kann ich besser an dich denken, wie wenn du immer da bist. Na, weißt eh, was ich mein …»

Charly wusste nicht, aber Lizzi bekam das Penthouse über dem Park, mit Terrasse und allem. Charly hatte mehr als alles, das kam aus seinen Zeiten als Mittelstürmer und weil er diesen Starmanager hatte. Aber Charly war nicht der Hellste, und er war, na ja, ein wenig impulsiv. Als Lizzi zum Beispiel zwei Tage lang nicht ans Telefon ging und die Wohnungstür nicht öffnete, da wurde Charly gleich kribbelig. Zum Glück stand Lizzis Fiat in der Tiefgarage, und damit er da auch blieb, schlitzte Charly alle vier Reifen auf.

Lizzi war ziemlich erschüttert. «Mein Tschittibäng», schluchzte sie, «du hast mein Tschittibäng kaputt gemacht!»

Da konnte Charly nicht mehr wütend sein, denn er hatte plötzlich ein richtig schlechtes Gewissen. Und wenig später stand an Tschittibängs Platz ein neuer, glänzender roter Ferrari. Zur Versöhnung. Im Grunde war Charly ein guter Kerl.

Und Lizzi verzieh ihm.

«Ach Charlyschätzchen ...», seufzte sie und blies ihm sanft ins Ohr. Charlyschätzchen mochte das. Trotzdem musste eine Woche später der Fernseher dran glauben. Wegen eines Briefes auf Lizzis Nachttischchen, den sie schnell, aber nicht schnell genug vor Charly versteckte.

«Ich tu das nicht aushalten!», schrie Lizzi und sperrte sich im Bad ein.

Charly bekam eine Heidenangst, weil er dachte, sie wolle sich die Pulsadern aufschneiden. Aber sie tat es nicht. Und am nächsten Tag entschuldigte sich Charly bei Lizzi. Mit einer Super-Reality-Videowand. Und er war heilfroh, als Lizzi ihm wieder ein bisschen ins Ohr blies.

Mit der Zeit war Lizzis Penthouse kein stinknormales Penthouse mehr, über dem Park, mit Terrasse und allem. Aus der Couch war eine Doppelmassageliege geworden, aus der Badewanne ein Whirlpool, aus der Tageslichtlampe ein Solarium. Charly machte nichts zweimal kaputt. Dafür sorgte Lizzi schon. Zum Beispiel die Sache mit dem sechzigteiligen Service. Lizzi hatte es beim Shopping entdeckt und sich gleich darin verliebt. Und als Charly wieder einmal kribbelig wurde, lief sie in die Küche, stellte sich schützend vor den alten Glasschrank und flehte: «Nein! Bitte nicht die schönen Teller von der Mama!» Schon hatte Lizzi ihr Porzellan. Und eine hübsche neue Mahagonivitrine dazu.

Es hätte eine richtig dauerhafte Beziehung werden können, mit Rücksicht und gegenseitigem Verständnis und allem. Aber irgendwann hatte Charly zwei Wochen lang keinen Anfall, und da war es auf einmal Lizzi, die kribbelig wurde. Sie dachte sich: Irgendwie kommt mir vor, mein Schatzi tut irgendwie nachlassen. Bei der Luzy und dem Tommy ist das genauso. Der Anfang vom Ende, sagt die Luzy immer ...

Und plötzlich hatte Lizzi diese Idee. Die Idee mit Picassos Bart nämlich.

Da war dieser Fernsehbericht gewesen, von einer Versteigerung in New York, und Lizzi hatte nicht gleich auf «Reich und Schön» umgeschaltet, weil gerade ihre Fingernägel trockneten. Als sie die Rufpreise für die Bilder gehört hatte, war Lizzis Interesse für Kunst erwacht. Mit großen Augen hatte sie den Namen «Picasso» auf einen Zettel gekritzelt. Den kramte sie jetzt hervor und lernte ihn auswendig, und dann ging sie und suchte einen Buchladen.

Lizzi brauchte gar nicht so lange, um eine der komischen nackten Frauen aus dem «Großen Picasso-Buch» abzuzeichnen. Nach drei Versuchen war Lizzi zufrieden. Mit dem schönen goldenen Rahmen aus dem Möbelhaus fand sie das Bild gar nicht so schlecht.

Lizzi hängte es zwischen das Katzenporträt und den Sonnenuntergang direkt über das Bett.

Dann rief sie Luzy an: «Ja, hallo, da ist die Lizzi ... Du, sag einmal, Luzy, kannst mir du einen Gefallen tun? Ja? ... Aber ist ein Geheimnis, nicht weitersagen, gell? Du, sag, der Tommy tut sich trocken rasieren, gell? Du, ich tät ein paar von seinen Bartstoppeln brauchen ... Nein, ehrlich ... Was, ihr tut's euch trennen? Na geh ... Du, ich sag nur: Männer, gell? Männer, sag ich nur ... Aber du, sag, geht das? Ich mein, die Bartstoppeln? ... Du super, echt! Du, dann hol ich mir's morgen ab, am Nachmittag, gell? Du Bussi, ja? Bussi!»

Zwei Tage später tauchte Charly bei Lizzi auf. Es dauerte ein bisschen, bis er ins Bad ging, und im Bad dauerte es ein bisschen, bis sein Blick in die Waschmuschel fiel. Aber dann zeigte sich, dass Charly noch ganz der Alte war.

«Wer?», brüllte er.

«Wer? ... Rasiert! ... Da! ...»

Als er ins Schlafzimmer stürzte, hatte Charly diesen irren Blick, und auf den hatte Lizzi gewartet.

«Alles, Schatzi», rief sie, «alles, nur nicht meinen Picasso!»

«Picasso? Wo ist das Schwein? Wo ist das verdammte Schwein?!»

Und dann entdeckte Charly das Bild an der Wand, und das gab ihm den Rest.

Es tat Lizzi nur ein wenig leid, als der schöne Rahmen kaputtging, aber sie sagte nichts, denn sie war eine starke Frau.

Charly war dafür ein Ehrenmann. Er sah blass aus, als er aus New York zurückkam, aber er hatte ihn dabei, er hatte ihn wirklich dabei, den echten Picasso. Und zwar einen richtig großen, mit Ölfarbe gemalten, so wie er es Lizzi versprochen hatte. Als sie ihm aber ihr «Ach Charlyschätzchen ...» ins Ohr hauchte, da war es anders als sonst, denn Charly sah immer noch blass aus und wirkte gar nicht froh.

Nach zwei Wochen fuhr Charly mit dem Lift ins oberste Stockwerk, betrat das Penthouse und machte Lizzi kaputt. Dann packte er alles, was von ihr übrig war, in die Tiefkühltruhe. Und er blieb ganz ruhig dabei.

Lizzis Plan war gar nicht dumm gewesen, und trotzdem hatte sie einen Fehler gemacht: Sie hatte Luzy davon erzählt. Und Luzy war es, die die ganze Sache Charly erzählte, nachdem er aus New York heimgekehrt war.

Luzy hatte fast alles, nur keine Wohnung. Aber weil Luzy fast alles hatte, hatte sie Charly, und der hatte eine übrig.

Doc und Joy

E s war kein duftender Frühlingsmorgen auf der Blumenwiese und kein lauer Sommerabend am Meeresstrand, und es war auch keine glitzernde Winternacht in irgendeinem verträumten Alpental. Ein grauer, verregneter Nachmittag im Spätherbst war es, als es geschah. An der Bushaltestelle passierte es. Linie 12. Da verliebten sie sich ineinander.

Der Doc und Joy. Sie fuhren drei Stationen gemeinsam, dann trennten sich ihre Wege. Joy musste aussteigen. Sie war mit ihrem Partner unterwegs. Auch der Doc fuhr mit seiner besseren Hälfte. Es sah nicht gut aus für die junge Liebe.

Das Wochenende kam und dann der Montag, da sahen sie einander wieder, und auch dienstags und mittwochs. Linie 12, und immer nach Dienstschluss.

Der Doc und Joy. Sie hatten wohl die gleichen Arbeitszeiten. Joy stieg immer früher aus, im Doppelpack mit ihrer rechten Joy, der Doc später, mit seinem linken Doc.

Der Doc hieß eigentlich Doc Martens. Er war ein Herrenschuh. Sein schwarzes Leder war nicht sehr gepflegt. Dafür vertrug er was. Er hatte eine dicke Haut, der Doc.

Joys voller Name war Footjoy. Gegen den Doc sah sie

ziemlich fein aus. Kein Wunder, Joy war neu. Gerade erst aus der Fabrik gekommen. Ihr Rotbraun glänzte frisch poliert. Sie passten nicht gerade gut zusammen, der Doc und Joy. Nur dass auch Joy ein Herrenschuh war. Und dass sie dieselbe Größe hatten.

Die Männer, zu denen ihre Wirtsfüße gehörten, kannten einander. Waren Kollegen beim selben Verein. Dort, wo man sich gerade noch Schuhe wie den Doc und Joy leisten konnte. Kriminalpolizei, Abteilung Sittlichkeitsdelikte. Nach der Arbeit, im Bus, hatten die zwei ihren täglichen Drei-Stationen-Smalltalk. Dann standen einander auch der Doc und Joy gegenüber.

Es ist nicht so, dass Schuhe so wie Menschen reden können. Sie steppen auch keine Morsezeichen auf den Asphalt. Schuhe tauschen einfach Schwingungen aus, wenn sie sich was zu sagen haben. Und der Doc und Joy hatten sich was zu sagen. Auch wenn Docs linker Doc ständig dazwischenfunkte, als sei er mit dem Doc verheiratet. Na ja, das stimmte auch irgendwie. Joys rechte Joy tat dagegen, als hätte sie absolut nichts zu melden. Und im Grunde stimmte auch das.

Die meiste Zeit verbrachten die beiden unter dem Schreibtisch. Unter zwei verschiedenen Schreibtischen, um genau zu sein. Und in verschiedenen Büros. Während Joy an den Doc dachte, kratzte ihre rechte Joy das linke Bein ihres Wirtes. Während der Doc an Joy dachte, nervte ihn sein linker Doc: «Was findest du bloß an der? Du willst ihr ja nur ans Leder! Na, ihr seid mir ja ein schönes Paar!» So ging das pausenlos. Schuhe müssen keinen Atem holen. Das war in diesem Fall ein Nachteil.

Der Doc und Joy. Sicher, sie wussten, dass das Leben nicht mehr zu bieten hatte. Bisschen Schuhcreme ab und zu, alle heiligen Zeiten frisch gewaschene Füße, das sind die Feiertage im Leben eines Schuhs. Und schließlich, irgendwann, abgelatscht und ausgetreten, der letzte Weg, der schwarze Sack, das Jüngste Gericht, die Müllhalde. Immerhin, der Doc und Joy hatten die Linie 12. Täglich drei Stationen gemeinsam, das war's, was ihr Leben wert war.

Doch dann geschah etwas.

«Außendienst» oder «Einsatz vor Ort» hieß es offiziell. «Hasenjagd» nannten es die vom Verein. Sie legten die Bleistifte hin und schnallten die Bleispritzen um. Heute war Rotlicht statt Neonlicht angesagt. Der Doc hatte das schon öfter erlebt, und er fand es ganz okay für einen Schuh, mal ein bisschen an die Luft zu kommen. Aber diesmal war es was Besonderes. Diesmal war Joy mit dabei.

Sie strahlten, der Doc und Joy, sie strahlten den ganzen Weg über wie frisch polierte Lackpantoffeln. Dann waren sie am Ziel.

«Tempel der Lüste». Einige Birnen waren ausgefallen, und so blinkte ihnen ein blasses «melrüse» entgegen. Es war eine dieser schmuddeligen Clubsaunas mit Lametta und abgestandenem Tannenduft. Im Vorraum ein fleckiges Sofa, darüber ein Schild: «Bitte keine Straßenschuhe!»

Die von der Sitte wissen, was sich gehört. Der Doc und Joy wurden abgestreift und auf die Dielen gestellt, Joy gleich rechts neben dem Doc. Seite an Seite. Oberleder an Oberleder. Sie konnten ihr Glück kaum fassen.

Einige andere Schuhe standen auch da, und die meisten sahen so aus, als sei es nicht ihr erstes Mal. Fast alle brüteten dumpf vor sich hin. Nur rechts, neben der rechten Joy, stand einer, der konnte einem echt den Nerv ziehen. Gegen den war Docs linker Doc der reinste Leisetreter. «Gestatten, Lorenzo Lorenzini, handgefertigt im schönen Mailand», flötete der honigfarbene Slipper. «Wir sind der Stolz unseres Besitzers, nicht wahr, mein Lieber?» Der andere Slipper schwieg. «O ja, unser Besitzer, er ist ein echter Regierungsrat, ein wichtiger Mann, es geht nichts über Maßschuhe, sagt er immer ...» Der Slipper war nicht mehr zu stoppen, und er hätte wohl ewig weitergeschnattert, hätte sich nicht drinnen, im «Tempel der Lüste», etwas getan.

«Die Sitte! Razzia!» Ein Mädchen kreischte.

«Stehen bleiben! Bleiben Sie stehen!» Die Tür zum Vorraum wurde aufgerissen. Ein Mann. Er knöpfte sich hastig die Hose zu, taumelnd, im Laufen. «Scheiße! Ausgerechnet mir ... Verdammt, die Schuhe, ich kann doch nicht ohne ...» Wahllos griff er zu, griff sich irgendein Paar, einen Rechten, einen Linken, und stolperte raus, nichts wie raus.

Der Doc und Joy wussten nicht, wie ihnen geschah. Das Letzte, was sie noch hörten, war das hysterische Jammern Lorenzo Lorenzinis: «Aber Signore Regierungsrat, was machen Sie? Sie können doch nicht ...»

Dann trabten sie über das Straßenpflaster, der Doc und Joy. An den Füßen eines Mannes.

Klar, das alles würde nicht von Dauer sein. Es steht selten auf der Wunschliste von Regierungsräten, mit zwei gestohlenen Polizistenschuhen auf der Flucht vor der Sitte zu sein. Aber sie genossen es, der Doc und Joy. Es machte Spaß. Und schließlich: Konnte es nicht noch besser kommen?

Es kam. Es kam noch besser.

Der Doc und Joy. Sie waren zwei echte Glückskinder. Noch in derselben Nacht trieben die beiden den Kanal entlang, ihre Bänder fest aneinandergeknotet. Der Kanal würde in den Fluss münden und der Fluss, irgendwo weiter südlich, in den Ozean. Und da ahnten sie, dass sie ihn haben würden, ihren lauen Sommerabend am Meeresstrand.

Bazzazza
oder
Das Glück ist ein Vogerl

Das Bazzazza glich eher einer Insel als einer Oase, denn seine Wirtin hielt sich mehr über Wasser, als dass sie aus dem Vollen schöpfte. Die Sonne dieser Insel war ein kleiner Kanonenofen, ihr Sand der Straßenstaub der Vorstadt, ihr Wind war der Lufthauch eines klapprigen Ventilators, in dem ihre Palme – ein verkrüppelter Zimmerkaktus – hin und her schwankte. Auch die Gäste des Bazzazza entsprachen diesem insularen Eindruck. Es waren Schiffbrüchige, soziale Nichtschwimmer und ökonomische Wracks, kurz gesagt: gestrandete Existenzen. Kaum vermochten sie einander wahrzunehmen, und ihre linkischen Versuche, das Leben zu bewältigen, ersoffen allabendlich im Weinbrand. So konnten sie gemeinsam einsam sein. Von keinem wusste man, wie er wirklich hieß, und so behalf man sich mit Spitznamen, die nur im sicheren Hafen des Bazzazza gebraucht wurden. «Doktor Jekyll» hieß einer, «Graf Dracula» ein anderer; das «Würstel» gab es ebenso wie den «Päderasten», den «Spazierer» oder den «Autisten». Wer einen Namen hatte, der durfte die Zeche schuldig bleiben, mehr brauchte es nicht. Der Name stärkte Leber und Rückgrat.

Selbst der Name «Bazzazza» war programmatisch. Er stand für jene merkwürdige Krankheit, die der amerikanische Zeichner Winsor McCay für einen seiner frühen Comics erdacht hatte. Ein Mann mit Bazzazza veränderte ständig die Gestalt: War er zunächst groß und schlank, mutierte er schon bald darauf zu einem kleinen Dicken und so fort, bis sich am Schluss die Frage stellte, wer mehr unter Bazzazza litt: der Mann oder sein Schneider.

Im Bazzazza litten alle unter Bazzazza. Wen das Schicksal hier angespült hatte, der kam nicht wieder los. Er konnte das Aussehen wechseln wie die Stimmungen, die Wohnung wie die Träume, es half am Ende doch nichts. Hatte man einmal sein Arbeitslosengeld ins Bazzazza getragen, so tat man es mit der Notstandshilfe wieder. Schließlich stellte sich auch hier die Frage, wer mehr unter Bazzazza litt: die Kunden oder die Wirtin. So ein Ort war das Bazzazza.

Doch wie so oft, wenn man die letzte Hoffnung fahrengelassen hat, steht plötzlich das Glück vor der Tür und tut wie ein alter Bekannter. Es kam auch hierher, das Glück, und es näherte sich so anstandslos, dass keiner es erkannte, jedenfalls nicht sofort, jedenfalls nicht an diesem Abend, da es in Gestalt eines hageren alten Mannes die Schwelle des Bazzazza überschritt.

Er trat nicht an die Bar, wo die anderen tranken, sondern steuerte nach hinten, in die finstere Ecke des Lokals, und setzte sich. Die Wirtin bemerkte ihn nur, weil sie gerade zur Toilette wollte. Achselzuckend nahm sie den Umweg in Kauf, stemmte ihre Arme auf die Tischplatte und zog fragend die Augenbrauen hoch.

«Rum», brummte der Alte, ohne sie anzusehen.

«Einfach? Doppelt?»

«Ganze Flasche. Kein Glas.»

«Verstehe.» Sie wandte sich schon zum Gehen, als ihr Blick auf die Schachtel fiel, die der Alte in seinen Armen hielt. Ein schlichter Pappkarton, an mehreren Stellen mit Löchern versehen – Luftlöcher, wie die Wirtin annahm.

«Mag das Viecherl auch was?»

«Ja. Einen Suppenteller.»

Kurz darauf stand das Gewünschte auf dem Tisch. Der Alte öffnete die Flasche mit zittrigen Händen und begann, den Teller mit Rum zu füllen. Nach und nach wandten sich jetzt die Blicke der übrigen Gäste dem seltsamen Schauspiel zu, das sich da hinten im Halbdunkel zutrug, und schon bald herrschte völlige Stille im Bazzazza.

«Komm, Schätzchen ... komm nur ...», gurrte der Alte jetzt. Umständlich nestelte er an dem Pappkarton herum, klappte ihn endlich auf und griff behutsam hinein. Was er aber zutage förderte, was da schon bald vor ihm auf der Tischplatte hockte, das hatte die Welt, auch die abgelegene Inselwelt des Bazzazza, noch nicht gesehen.

Es war ein vogelartiges Tier von unbeschreiblicher

Hässlichkeit. Unförmig und knackwurstartig saß sein Wanst auf krummen, viel zu kurzen Beinen; krätzig und fleckig schimmerten nackte Hautstellen durch das schüttere Gefieder, und die wenigen Schwanzfedern, die es noch trug, waren geknickt und verfilzt.

Kaum hatte der Alte ihn freigelassen, hüpfte der Vogel flatternd auf den Rand des Suppentellers und begann zu trinken. Gierig streckte er den grauen Schnabel in den Rum, pickte und schluckte, während sein wild zerzauster Schopf im Rhythmus auf- und niederwippte. Nicht lange, und der Teller war leer; nicht lange, und der Alte schenkte geduldig nach.

Es dauerte keine halbe Stunde, bis das Tier die Flasche ausgetrunken hatte. Nun saß es schwankend am Tellerrand und hielt die kurzen, zottigen Flügel weit von sich gestreckt, um sein Gleichgewicht zu halten.

«Was für ein Vieh …», flüsterte der Spazierer gebannt.

«Wahrscheinlich ein Alk…», murmelte Doktor Jekyll.

«Klarer Fall von Schnapsdrossel …», meinte Graf Dracula.

«Ruhe jetzt», zischte die Wirtin, «schaut doch …»

Der Alte hatte sich halb vom Sessel erhoben und vorgebeugt; gespannte Erwartung auf seinem Gesicht, stand er nun vor der betrunkenen Kreatur. Auf einmal verdrehte der Vogel krampfartig den Kopf und riss den Schnabel auf.

«Robert ... Kaiser!», krächzte er klar und deutlich. Dann klappte er die Flügel zusammen und kippte in den Suppenteller, wo er regungslos liegen blieb.

Ein Raunen ging durch die Gruppe an der Bar, verständnisloses Staunen machte sich breit. Nur die Wirtin fasste sich ein Herz und trat, scheinbar unbefangen, an den Tisch des Alten.

«Darf's noch was sein?»

«Ein Telefonbuch. Und die Rechnung.»

Er zahlte die Zeche, durchblätterte das verschlissene Telefonbuch des Bazzazza und machte ein paar Notizen. Schließlich fischte er den bewusstlosen Vogel aus dem Teller, legte ihn in die Schachtel zurück und verließ grußlos das Lokal.

Am folgenden Abend war er wieder da. Und auch am Abend darauf. Und immer wieder vollzog sich das gleiche Ritual vor den Augen der staunenden Gäste: Der abscheuliche Vogel soff den Teller, soff die Flasche leer, und als sein Durst gestillt war, reckte er den Hals nach vorne und stieß ein kurzes, lautes Kreischen aus:

«Monika ... Riederer!»

Oder: «Franz ... Haselbacher!»

Dann fiel er um. Der Alte schlug das Telefonbuch auf, bekritzelte einen Zettel, packte den Vogel ein und ging.

Nach wenigen Tagen zählten die beiden sonderbaren Käuze bereits zu den Stammgästen. Der Wirtin konnte es nur recht sein. Sie sah ihren täglichen Umsatz nicht nur um eine Flasche Rum erhöht, sie stellte auch befriedigt fest, dass das Bazzazza nie so gut besucht gewesen war. Keiner wollte die Show verpassen, keiner wollte sich den Anblick des Vogels entgehen lassen. So kam es, dass sein Auftritt schon nach einer Woche von Applaus begleitet wurde, seine ersten Schlucke von begeisterten Anfeuerungsrufen. Wie immer trank der Vogel aus, wie immer beugte sich der alte Mann vor und lauschte.

«Wilhelm … Berger!», krächzte der Vogel und kippte in den Suppenteller.

Was aber jetzt geschah, war anders als sonst. Der Alte blieb wie angegossen stehen und starrte entgeistert auf das Tier. Mit einem Mal war alle Farbe aus seinem Gesicht gewichen; den Mund und die Augen weit aufgerissen, packte er den Vogel, als wollte er ihm den Hals umdrehen, griff sich dann an die eigene Kehle, strauchelte und stürzte zu Boden.

Er starb erst am kommenden Tag, der Alte. Die Wirtin, die ihn im Krankenhaus besuchen wollte, traf zugleich mit den Leichenträgern ein, und der Arzt, den sie auf dem Flur ansprach, meinte nur:

«Gestern Abend? Ach so, ja, der Herzinfarkt … Tut mir leid, da war nichts mehr zu machen … Sein Vogel? … Ich denke, den können Sie behalten … Er hatte keine Angehörigen, soweit ich weiß …»

Ein vages Gefühl, eine unerklärliche Ahnung erfasste die Wirtin in diesem Moment. Sie hielt den Arzt zurück, zögerte kurz und fragte schließlich:

«Entschuldigen Sie, Herr Doktor ... Der alte Mann ...
Wie hat er geheißen?»

«Berger», sagte der Arzt. «Wilhelm Berger.»

Das Tier blieb also im Bazzazza. Es mauserte sich zum
Maskottchen des Lokals, und bald schon erhärtete
sich der Verdacht der Wirtin: Die Namen, die der Vogel nannte, wenn er zu trinken bekam, waren nicht ir-
gendwelche Namen. Auf unerklärliche Weise schärfte
der Alkohol seine Sinne, weckte metaphysische Kräfte
in ihm, schuf eine kurze Verbindung ins Jenseits und
ließ ihn dem Tod höchstpersönlich über die Schulter
blicken, wenn dieser sein Auftragsbuch studierte. Ein
paar Telefonate mit dem Meldeamt und die eine oder
andere Zeitungsmeldung bestätigten die Vermutung
und brachten die unzweifelhafte Gewissheit: Das Vieh
war ein kleiner, gefiederter Todesbote. Wessen Namen
es aussprach, der segnete am nächsten Tag das Zeitliche.

Das war allerdings eine ungewöhnliche Fähigkeit,
und sie bewirkte, dass man dem Tier mit großem Re-
spekt begegnete. Es erhielt einen Ehrenplatz hinter der
Theke, wo es tagsüber in seinem Pappkarton vor sich
hin döste. Und es wurde getauft. «Prognoserer», das
war von da an sein klangvoller Spitzname. Wenn der

Abend kam, begann sich das Bazzazza zu füllen und die Gäste fieberten dem Augenblick entgegen, da die Wirtin den Prognoserer aus seinem Halbschlaf wecken und vor aller Augen auf die Budel setzen würde. Der Prognoserer soff wie eh und je, und jedes Mal gipfelte sein Besäufnis in einem kurzen Krächzen, einer langen Ohnmacht und dem donnernden Applaus des Publikums. Anschließend wurde das Telefonbuch durchblättert, und wenn der entsprechende Name erst gefunden und laut verlesen war, dann schien ein kalter Lufthauch durch den Raum zu streichen und gespenstische Stille breitete sich aus. Man verharrte in Andacht, griff schaudernd zum Glas und spülte den Grusel fort.

Der Vogel bot den Gästen des Bazzazza also Gänsehaut und gute Unterhaltung, doch das war längst nicht alles; er schenkte diesen gestrandeten Trinkern noch etwas viel Schöneres: Mit einem Mal erkannten sie, dass alle auf derselben Insel saßen, ja sie entwickelten so etwas wie Gemeinschaftsgeist. Der Tod ist eine große Sache; in seinem Angesicht rücken die Lebenden näher zusammen. Man begann, miteinander zu sprechen, Graf Dracula lud den Spazierer auf ein Achtel ein, der Päderast kramte Fotos seiner Kinder hervor, sogar das Würstel wurde zusehends warm und erzählte den anderen von seiner großen, unglücklichen Liebe.

Aber das Glück ist ein Vogerl: Selbst wenn seine Flügel so kurz und zerlumpt sind wie die des Prognoserers, zieht es irgendwann weiter und lässt nichts zurück als den eigenen Schatten. Und so brach auch hier, im Bazzazza, der Herbst des Glücks an; der Anfang vom Ende viel zu kurzer guter Zeiten.

Der Prognoserer hatte getrunken wie immer; wie immer schwankte er nun auf dem Tellerrand, bereit, den Namen des Todgeweihten zu nennen. Aber plötzlich schien ihn ein Schwindel zu befallen, er taumelte stärker als sonst, verdrehte die Augen und warf dann zwei-, dreimal den Kopf nach vorne, ohne einen Laut von sich zu geben. Im letzten Moment erst, im Augenblick des Sturzes, entrang sich seinem Schnabel ein zögerndes:

«Laura ...»

Der Beifall blieb dieses Mal aus; man schwieg, nicht aus Andacht, sondern aus Ratlosigkeit. Während die Wirtin den Vogel mit bangen Blicken bedachte, fegte Doktor Jekyll das bereitgelegte Telefonbuch von der Theke.

«Was heißt Laura?», rief er ärgerlich. «Welche Laura?»

Niemand wusste die Antwort, keiner sprach noch ein weiteres Wort, alle versanken in schweigsamem Grübeln, jeder sah der gemeinsamen Zukunft mit Sorge entgegen.

Doch die Angst um den Vogel schien unbegründet,

denn am folgenden Abend wirkte er ausgeruht und bei bester Gesundheit. Er soff, wie er noch nie gesoffen hatte, leerte Teller um Teller, sodass die Wirtin bald eine zweite Flasche anbrechen musste, um den Durst ihres Schützlings zu stillen. Eine geschlagene Stunde dauerte es, bis der Prognoserer endlich aufgetankt war. Er blickte stolz in die Runde, streckte alles von sich, was er an Federwerk noch hatte, ja, er plusterte sich auf wie eine Diva vor dem hohen C.

«Herbert!», schrie der Prognoserer. «Lederer!» Und er sank wie ein sterbender Schwan in den Teller.

Noch nie war der Applaus so frenetisch gewesen wie an diesem Abend; begleitet von Pfiffen und wildem Getrampel wurden Bravo-Rufe laut, und die entfesselte Menge beruhigte sich erst, als sich Doktor Jekyll langsam von seinem Barhocker erhob.

«Herbert Lederer ...», sagte er tonlos, «das bin ich ...»

Was nun geschah, konnte niemand verhindern, denn es geschah viel zu rasch und zu unvermittelt. Mit beiden Händen ergriff Doktor Jekyll das Telefonbuch; er hob es hoch über den Kopf und schmetterte dann die mächtige Schwarte mit aller Wucht auf die Schank. Der Suppenteller zerbarst in tausend Splitter, und auf den Kittel der Wirtin spritzte ein Klümpchen Vogelhirn.

Nach und nach erst sickerte die Erkenntnis in die übrigen Gehirne, nach und nach erst machte sich Entsetzen breit: Der Prognoserer war also ein Weibchen gewesen, ein Weibchen namens Laura, und diese Laura hatte sich gewissermaßen selbst gerichtet. Was ihren Henker betraf, Doktor Jekyll, so war auch er nicht mehr als ein Rädchen im Mahlwerk des Schicksals: Er trug zwar keine Schuld, doch allemal die Folgen. Höhere Mächte hin oder her: Er hatte dem kleinen gefiederten Glück des Bazzazza ein Ende gesetzt, er und kein anderer.

Als die Sonne aufging, hauchte Herbert Lederer sein Leben aus. Ein Straßenkehrer fand ihn, übel zugerichtet, zwischen zwei geparkten Autos liegen. So machtlos wie der herbeigerufene Notarzt war am Ende auch die Polizei. «Täter unbekannt», hieß es im Protokoll, und der Fall wurde zu den Akten gelegt.

Gliederreißen

Ludwig litt an einer Krankheit, die so selten war, dass niemand außer ihm sie hatte. Die Symptome seines Leidens waren tatsächlich sonderbar: Wenn Ludwig unruhig wurde, wanderten seine Glieder. Sie bewegten sich nicht langsam fort, wie etwa ein wachsender Milchzahn oder eine Wanderniere. Nein, sie wechselten mit oft unglaublicher Geschwindigkeit ihre Plätze. Wo eben noch Ludwigs Ohr gelauscht hatte, da wuchs mit einem Mal ein Knie aus seiner Schläfe, wo Ludwigs Zunge eine Briefmarke befeuchtet hatte, da ragte plötzlich ein Daumen aus seinem Mund. Es konnte einem leicht passieren, dass man Ludwig die Hand zum Gruße reichte und stattdessen seinen Fuß ergriff. Ludwig, oder das, was gerade von ihm zu sehen war, pflegte dann, stotternd und errötend, um Entschuldigung zu bitten. Seine Körperteile wanderten dabei in atemberaubendem Tempo, denn sie taten es umso rascher, je nervöser Ludwig war. Ludwig war meistens nervös.

Es verstand sich von selbst, dass Ludwig sehr zurückgezogen lebte. Nur einmal nötigte man ihn dazu, am Hochzeitsessen eines Freundes teilzunehmen. Es war ein kurzer Auftritt. Die Gäste wurden eben mit Bouillon gelabt, als eine Kinderstimme durch den Festsaal schallte: «Mami, was hat der Mann da?»

Alle Blicke waren plötzlich auf Ludwig gerichtet, stumm und entgeistert, dann hob ein Kreischen an, Gläser zerbarsten, kleinen Mädchen wurden die Augen zugehalten, und Ludwig selbst starrte schreckensbleich auf seinen Teller. Was sich da in der Suppe spiegelte, war seine Nase nicht.

Seit jenem denkwürdigen Tag mied Ludwig größere Gesellschaften. Er verbrachte die Zeit mit dem Sammeln von Roger-Staub-Mützen und verließ das Haus nur noch, um, vermummt wie Valentino in der Wüste, die Ärzte der Stadt zu besuchen.

Bei Hunderten von Ärzten war Ludwig schon gewesen, bei alten und noch älteren, berühmten und noch berühmteren, bei solchen mit langen und solchen mit noch längeren Bärten. Er hatte ihnen seine Leiden geschildert, ein ums andere Mal, und sie hatten sich über ihn gebeugt, stirnrunzelnd und kopfschüttelnd, und keiner, kein einziger hatte Rat gewusst. Nicht nur, dass er gesellschaftlich geächtet war, nun stieß ihn also auch die Fachwelt zurück.

Tief verzweifelt beschloss Ludwig, einen Psychiater zu konsultieren. Natürlich den besten, berühmtesten, ältesten, längstbärtigen Seelendoktor des Landes, nämlich Professor Petöfi, der überdies die dicksten Brillen von allen trug.

«Kommen Sie herein, Herr», drang des Professors Stimme aus dem dunkel getäfelten Herrenzimmer, «und machen Sie Platz!»

Ludwig trat ein und steuerte, ein wenig irritiert, auf die schwere Ledercouch zu.

«No was! Bin ich Freud? Nix da schlafen! Kommen Sie und setzen Sie auf Fauteuil! Aufrecht sei der Mann!»

Ludwig schlich verschüchtert näher und versank in einem der Sessel vor Professor Petöfis gewaltigem Schreibtisch.

«No, brav is er ja! Was fehlt ihm? Oder hat er was zu viel?»

Ludwig schwieg. Sein Körper sprach für sich. Er spürte, wie das Blut durch seine Adern wallte, wie sich die Wangen blähten, um nach und nach den Umriss seines Hinterns anzunehmen. Dann saß er da, das leibhaftige Arschgesicht.

Professor Petöfi stutzte. Er rückte sein enormes Brillengestell zurecht und beugte sich vor.

«Ah ja, hm, interessant ...», murmelte er. «Was man hat, hat man. Können wir mehr noch so Tricks, mein Allerwertester?»

Ludwig konnte. Wie von Geisterhand verzaubert, wichen die prallen Backen aus seinem Gesicht. Dafür thronte nun Ludwigs rechte Hand gleich einem Hahnenkamm auf seinem Scheitel.

«Erstaunlich!», gluckste Professor Petöfi, «Sie entschuldigen, kleines Moment nur!» Er erhob sich und wackelte eilig zur Tür. Dann war es Ludwig, als hörte er einen aufgeregten Wortwechsel, der wiederholt von schallendem Gelächter unterbrochen wurde. Nicht lange allerdings, und der Professor kam zurück.

«So, ist genug für jetzt. Alles wird gut sein, mein Freund. Sie sind für Abendessen eingeladen. Heute. Es kommen Kapazitäten.»

Ludwig war zu verschüchtert, um die Einladung abzulehnen. Er ahnte zwar, dass er den Gästen des Professors zur Erheiterung dienen sollte, als eine Art Hofnarr, dessen burleske Metamorphosen einen Rahmen für die kulinarischen Genüsse des Abends bilden würden. Aber Ludwig ahnte nicht alles.

Folgsam fand er sich zur vereinbarten Stunde vor der Wohnung des Professors ein.

Noch bevor er klingeln konnte, öffnete Professor Petöfi und gab Ludwig ein Zeichen zu schweigen. Dann zog er ihn durch eine kleine Tür in sein Arbeitszimmer.

«Setzen Sie, regen Sie nicht auf, ich muss beichten!»

Der Professor wirkte erregt. Auf seiner Nase glitzerten Schweißtröpfchen.

«Ich habe ein Tochter», begann er jetzt, «reizendes Kind, Rosa heißt. Aber, no, was soll ich sagen, es hat sich große Not. Immer ist stumm das Kind, immer ist traurig, war schon ein Baby ernstes. Nie ist froh gewesen, nie hat geredet, nie hat gelacht, stellen Sie vor, zwanzig Jahre, bis heute nie! Frau Petöfi fleht schon bei alle Götter in Himmel, sagt immer, Istvan, sagt,

Istvan, mach gesund das Kind, ich bin müde schon von Leben, was bist du nur für Doktor, der nicht einmal kann heilen das eigen Blut!» Der Professor schüttelte den Kopf und rang die Hände.

«Und dann kommen Sie spaziert. Und mir zerreißt fast vor Gelache, was für Theater! Ich mein nicht böse, glauben Sie, es ist sich Segen, großer Segen! Seien Sie mir lieb, setzen Sie, essen Sie, trinken Sie und zeigen Sie lustige Tricks. Machen Sie lachen mein Kind. Helfen Sie Rosa! Wenn Sie nicht können, wer soll sonst?» Professor Petöfi verstummte und blickte Ludwig flehend an.

Kurze Zeit später stand Ludwig wieder vor der Wohnungstür, denn diesmal musste er die Klingel drücken. Nach einer Weile öffnete die Frau des Professors und begrüßte ihn herzlich. In ihren verhärmten Augen leuchtete ein Hoffnungsfunke.

Nun lief auch Professor Petöfi hurtig herbei, gerade so, als hätte er Ludwig wochenlang nicht gesehen. «No bitte, is er ja schon da!», rief er fröhlich. Er nahm Ludwig Hut und Mantel ab und geleitete den Gast zum Speisezimmer.

Sie waren schon da, die Kapazitäten, sieben langbärtige alte Herren saßen um den gedeckten Tisch, und der flackernde Kerzenschein spiegelte sich in ihren hohen Stirnen. Man wies Ludwig einen Platz zu und hob die portweingefüllten Gläser, während die Dienstmagd die Suppe auftrug.

Bouillon, dachte Ludwig, ausgerechnet Bouillon …
Er wurde ein wenig unruhig.

«Wo ist euer Kind?», fragte da eine der Kapazitäten.

«No genau, wo bleibt Rosa?», rief Professor Petöfi.

Dabei schien er Ludwig zuzuzwinkern.

Und dann öffnete sich eine Tür, und Rosa trat ein.
Rosa. Duftender Morgentau. Leuchtende Schneeflocke. Klingender Abendstern. Rosa.

Ludwig war wie vom Blitz getroffen. Nie hatte er
Schöneres gesehen. Er vergaß zu atmen, zu denken, er
vergaß sogar nervös zu sein. Dann saß auch Rosa an der
Tafel, Ludwig gegenüber, und ihr schmales Elfenbeingesicht schimmerte, als wäre es durchsichtig.

«Soll nix anbrennen, soll nix kalt werden! Lasst euch
schmecken dem Supperl! Wird man sehen, was hat die
Köchin für Tricks auf dem Lager!» Professor Petöfi
nickte Ludwig ermunternd zu: «Nicht wahr, Tricks,
Sie verstehen?»

In diesem Augenblick erinnerte sich Ludwig wieder, wo er war. Schwer lasteten plötzlich die Blicke auf
ihm, neugierig die der Kapazitäten, bang und erwartungsvoll jene Professor Petöfis und seiner Frau. Ludwig fühlte, wie es in seiner Mitte zu sieden begann, wie
es pumpte und kochte in seiner Brust, und dann überrollte ihn ein Anfall von nie da gewesener Wucht.

Von den Ahs und Ohs der Kapazitäten begleitet, glich Ludwig bald schon einem brodelnden Vulkan, seine Haut zerbarst in wildem Chaos, nichts war mehr da, wo es gerade noch gewesen war, Ohren und Nase und Beine und Arme vollführten einen rasenden Tanz, selbst Ludwigs innere Organe tobten ungezügelt durch seinen Körper, und etwas nur blieb ruhig an seinem Platz, das waren Ludwigs Augen. Die ruhten tief in den großen schwarzen Augen Rosas. Und plötzlich vernahm Ludwig eine Stimme, so leise, dass niemand sonst sie hören konnte.

«Sei ganz ruhig», sagte die Stimme, «und hol das Herz aus deiner Hose, ich kann es sonst nicht öffnen ...»

Rosa hatte keinen Laut von sich gegeben. Ludwig bemerkte erst nach einer Weile, dass er selbst gesprochen hatte, mit Rosas Mund, denn ihre vollen Lippen erblühten nun auf seinem eigenen Gesicht. Und dann spürte Ludwig, wie ihre pochenden Herzen die Plätze tauschten, und gegenüber, auf Rosas Antlitz, erkannte er die Konturen seines eigenen Mundes.

Und Rosa lächelte.

Ein florierendes Geschäft

Am Anfang war das Wort, und das Wort war bei Gott kein schönes.

«Krampenfurz» stand in vergilbten Lettern an der Glasscheibe der Portiersloge.

Und darunter, etwas kleiner: «Paradies-Hotel», und: «Betten frei».

Hier musste haltmachen, wer ein Zimmer suchte. Bezahlt wurde im Voraus, es sei denn, man hinterließ einen Ausweis als Pfand. Um länger zu bleiben als die üblichen paar Stunden, hieß es, einen Meldeschein auszufüllen. Dann zog der verwitterte Portier eine seiner buschigen Brauen hoch und brummte: «Das kostet aber ...»

Karl Krampenfurz hatte ein fabelhaftes Gedächtnis. Er merkte sich die Gesichter seiner Kunden, ihre Namen, ja selbst die Nummern ihrer Pässe und jene der ihnen zugewiesenen Zimmer auch nach vielen Jahren noch. Sein Auge war Adler und Luchs sein Gehör. Nur eine Sache, eine einzige, entzog sich der Rückschau, und das irritierte ihn: Er konnte sich beim besten Willen nicht erinnern, wie und wann er seine Arbeit im «Paradies-Hotel» begonnen hatte.

Manchmal kam es ihm vor, als hätte er keine Kindheit, keine Jugend gehabt, als wäre er an irgendeinem nebelverhangenen Tag gemeinsam mit dem «Paradies» erschaffen worden. Nur: Von wem erschaffen? Krampenfurz hatte den Besitzer des Hotels nie kennengelernt. Hatte es einen Besitzer? Wer war es gewesen, der ihn eingestellt, der ihm seine Kammer hinter der Portiersloge gezeigt hatte, mit dem quietschenden Bett und dem kleinen Spirituskocher?

Lange Wochen grübelte der Greis, und mit einem Mal keimte ein Verdacht in ihm auf: Was, wenn er selbst der Chef war, er, Karl Krampenfurz? War es ihm gar entfallen, dass er selbst, im Schweiße seines Angesichts, vor ungezählten Jahren das Hotel errichtet hatte? Ja, beschloss er endlich, so musste es wohl sein. Dieses Haus war offenbar sein Reich, seine Welt! Er war der Herr des «Paradies», er und kein anderer!

Ein großer Tag im Leben eines alten Mannes.

Ein Tag, der viel verändern sollte.

War nämlich der Greis bis zu diesem Tag nicht mehr als ein unbedeutender Erfüllungsgehilfe höherer, ihm unbekannter Mächte gewesen, so beschloss er nun, erfüllt vom Tatendrang aller designierten Herrscher, die Geschicke des «Paradies» in seine eigenen gichtigen Hände zu nehmen. Er konnte die Dinge nicht einfach so laufenlassen – es galt, ihnen seinen Stempel aufzudrücken, es galt, sein Revier zu markieren. Ächzend erhob sich der Alte, um – das erste Mal seit Jahren – seinen Kobel zu verlassen. Er schlurfte ins Foyer hinaus, wo neben ein paar abgewetzten Ledersesseln das schwarze Telefon an der Wand hing, griff zum Hörer und warf eine Münze ein.

In den folgenden Wochen blieb das Hotel geschlossen. Hinter hölzernen Planken ertönte der Kanon entfesselter Urgewalten und brauste lärmend treppauf und treppab. Ein Hämmern und Schleifen, ein Jaulen und Heulen elektrischer Bohrer und Sägen und anderer, unnennbarer Gerätschaften erfüllte das Haus, ließ die Luft der Gasse, des Stadtteils erzittern, schraubte sich stöhnend in die Köpfe seiner Bewohner. Als das infernalische Getöse endlich abklang – die Nachbarn hatten schon nicht mehr damit gerechnet – und die gelben Verschalungen entfernt wurden, da erstrahlte das «Paradies» in neuem, nie gesehenem Glanz: Das modrige Braun der Möbel und das staubige Ocker und Grau der Böden und Tapeten waren auf wundersame Art ergrünt. Smaragd- und olivgrün, efeu- und lindgrün, erbsengrün, moosgrün, tannen- und seegrün, alle Grüns dieser Welt schwollen dem Betrachter entgegen, tanzten schillernd in seinen Pupillen. Die abgetretenen Teppiche waren durch Wiesen und Blumen ersetzt worden, Bäume und Büsche wucherten selbst in den düstersten Ecken des Gebäudes, und statt des Handlaufs am Treppengeländer wanden sich dicke Lianen den Aufgang empor. Die Zimmer waren nicht minder reich bepflanzt, allenthalben spross und blühte es, und jedes Bett besaß einen Himmel aus saftigem

Blattwerk. In der sogenannten Hochzeitssuite aber stand das unbestreitbare Prunkstück, die Krönung dieses überbordenden Kunstwerks. Die schweren Äste weit über den Raum gestreckt, erhob sich da ein mächtiger, früchtebehangener Apfelbaum.

Karl Krampenfurz saß in der Portiersloge und beäugte zufrieden die Monitore. Er hatte in allen erdenklichen Falten und Furchen des Urwaldhotels verborgene Kameras anbringen lassen; so konnte er, wann immer er wollte, seine Schöpfung betrachten, ohne aufstehen zu müssen. Er saß und harrte der ersten Gäste des neuen «Paradies», und während sein hoffnungsvoller Blick immer öfter zur efeuumrankten Eingangstür schweifte, malte er sich die blühende Zukunft aus, die ihm, seinen Gästen und seinem duftenden Pflanzenreich schon bald erwachsen würde.

Jedoch: Die Gäste ließen auf sich warten, und Krampenfurz wurde langsam ungeduldig.

Das einsame Herz droht immer zum gierigen Raubtier zu werden, sobald es Hoffnung wittert, und allzu rasch nur beginnt es sich selbst zu zerfleischen, so reizbar und hungrig, wie es ist.

Auch die Gedanken des Alten wandten sich nun dem Sinistren zu; mit jeder Minute, die verstrich, wuchs die Verbitterung in ihm, der Zorn auf die erhofften Gäste, die gar keine Gäste waren, weil sie durch Abwesenheit glänzten.

«Frechheit», zischte Krampenfurz, und: «Undankbares Pack ... Die ganze Mühe ... Na wartet nur, ihr werdet schon sehen ...»

Er rappelte sich hoch und verschwand in seinem Kämmerchen, aus dem er wenig später mit einem Stoß Papier und mehreren dicken Filzstiften wiederkehrte. Geifernd vor Wut begann er zu schreiben. Er war bereit, jeden, der vielleicht doch noch den Weg ins «Paradies» finden würde, für das Fernbleiben aller anderen zu bestrafen.

«Hausordnung», brummelte der Alte, und die Finger folgten dem Diktat seiner brüchigen Stimme. «Die Gäste ... Nein, die Kunden haben den Anordnungen der Direktion Folge zu leisten ... umgehend Folge zu leisten ... umgehend, ausnahmslos und ohne Widerspruch Folge zu leisten ... Kein Ausspucken auf den Gängen ... Widerrechtliche Aneignung von Hoteleigentum wird nicht toleriert ... Sofortiger Verweis im Falle von ... Herrje!»

Ein lautes, entschlossenes Klopfen ließ Krampenfurz hochschrecken. Kaum einen halben Meter entfernt, nur durch die Glasscheibe des Pförtnerraums von ihm getrennt, stand ein Gast, nein, standen zwei Gäste, ein Mann und eine Frau, und lächelten ihm fragend zu.

«Was wollen Sie denn?», fauchte der Alte grimmig.

«Ja, äh ... wir hätten gerne ... ein Zimmer?»

«Zimmer also ... Eine Stunde? Zwei?»

«Nein, nein ... Wir würden gerne länger bleiben ...»

«Das kostet aber ...»

«Macht nichts. Es sind unsere ... na ja, Flitterwochen ...»

Krampenfurz runzelte die Stirn. Überlegte. Endlich drehte er sich zur Seite und nahm einen Schlüssel vom Schlüsselbord.

«Hochzeitssuite», sagte er. «Vollpension inklusive. Aber lassen S' gefälligst die Finger von der Dekoration!» Ein kleines, rätselhaftes Grinsen huschte über seine Lippen. «Die Rechnung», fügte er hinzu, «die Rechnung zahlen S' bei der Abreise ...»

«Komischer Kauz», raunte die Frau ihrem Bräutigam zu, während sie die Treppe hinaufstiegen. «Bist du sicher, dass du hier bleiben willst?»

Unten lehnte sich der Herr des «Paradies» in seinem Sessel zurück. Die Bildschirme flimmerten. Der Alte hatte seinen Racheplan gefasst, und was er im Schilde führte, war listig und grausam zugleich: Er würde die beiden an sich binden, sie zu rückhaltlosen Dauermietern seines Hauses machen, um sie schließlich gnadenlos zu delogieren. Sie sollten sich rundum wohl fühlen; das «Paradies» sollte sich ihnen für immer als Born der Glückseligkeit einprägen, als einziger Ort, an dem es sich zu leben lohnte. Nichts hätte den Alten mehr geärgert, als wenn sich die beiden aus freien Stücken verabschiedet hätten. Nein, das Vorrecht, dieses kleine Mietverhältnis zu beenden, beanspruchte er für sich allein. Seine Kunden waren sein Eigentum; kein anderer als er würde sie aus dem «Paradies» verbannen. Und um das Maß der Strafe voll zu machen, würde er ihnen nichts anderes mit auf den Weg geben als ein abgrundtief schlechtes Gewissen. Rundum schuldig sollten sie sich fühlen, schämen sollten sie sich, diese Menschen. Wo er sich doch so viel Mühe gegeben hatte ...

Die frischgebackenen Eheleute fanden bald großen Gefallen an ihrem Apartment; dafür sorgte der Hausherr, der es ihnen an nichts mangeln ließ. Mehrmals täglich kämpfte er sich die Treppe hinauf, beladen mit Tabletts, auf denen sich die Köstlichkeiten türmten: Gefülltes Wachtelbrüstchen im knusprigen Walnussmantel, Filet mignon an getrüffeltem Spargelragout, Crêpinette vom Lammrücken auf glasiertem Kastanienbeet, solches und Ähnliches pflegte er seinen Gästen zu servieren, nicht ohne sie zuvor mit exquisiten Suppen und Entrees gelabt zu haben, und die Desserts, die er all diesen Kompositionen folgen ließ, bildeten stets den fulminanten Höhepunkt seiner kulinarischen Feuerwerke: Flambierte Crêpes aux Amandes fehlten da ebenso wenig wie diverse Parfaits, Sorbets, Soufflés und – als krönender Abschluss – natürlich die unentbehrliche Götterspeise.

Das junge Paar lag also im Bett und ließ sich verwöhnen. Zwischen den Gängen verwöhnten einander die beiden gegenseitig, und sie trieben dabei keinen geringeren Aufwand als ihr Gastgeber in seiner Küche. Sie aßen und sie liebten sich unaufhörlich im Schutz des mächtigen Apfelbaums; nichts anderes blieb ihnen zu tun. So sahen sie mit einem Mal ihr Leben auf das Wesentliche reduziert: völlern, vögeln, schlemmen, schlecken und – von Zeit zu Zeit – ein wenig schlafen.

Auch Krampenfurz fühlte sich schläfrig, aber mehr aus Überdruss. Er saß vor den Monitoren und überwachte die Balz seiner Gäste. Es wird Zeit, dachte er, Zeit, dass die Sache ein Ende nimmt. Dieses ungetrübte Glück geht mir schon langsam auf die Nerven …

Nichts ist, wie das alte Sprichwort lautet, schwerer zu ertragen als eine Reihe von guten Tagen. Zu viel Ruhe lässt den Menschen irgendwann nach Zwietracht streben, dauernder Überfluss treibt ihn zur Askese hin. Krampenfurz wusste das; er wusste, dass sich ein champagnercremeverwöhnter Gaumen über kurz oder lang nach etwas Schlichterem sehnt. Nach einem einfachen Apfel zum Beispiel …

Dann endlich, eines Abends, war es so weit: Gelangweilt von der steten Fülle ihres Daseins, vergriffen sich die beiden Gäste am Dekor ihrer Suite, sie pflückten mit verschämtem Kichern einen der Äpfel und aßen ihn auf.

Krampenfurz hielt den Atem an: Der Tag seiner Rache war gekommen. Er sprang aus seiner Loge wie ein junger Hund, eilte jauchzend die Treppe hoch und versuchte erst kurz vor der Zimmertür, eine grimmige Miene aufzusetzen.

«Hinfort!», brüllte er, während er ins Zimmer stürzte. «Hinfort aus meinem Haus, ihr liederlichen Lumpen!» Die gichtigen Fäuste drohend erhoben, jagte er das leicht bekleidete, aber schwer schockierte Pärchen in die kalte Nacht hinaus und warf hinter ihnen die Tür ins Schloss.

Die Pforten des Hotel «Paradies» sollten von da an für immer versperrt bleiben; sein Direktor aber ließ auch später immer wieder von sich hören. Der schrullige Greis, dessen gehässiges Keifen und Zetern bisweilen aus den Fenstern auf die Straße herabtönte, gab bald Anlass zu den wildesten Gerüchten und Spekulationen. Einmal hieß es, dass er unheilbare Seuchen verbreite, dann wieder, dass er in geheimen Labors Heuschrecken züchte, um die Ernte zu zerstören. Väter behaupteten, von ihm zum Kindesmord angespornt, Mütter, von ihm geschwängert worden zu sein. Es gab bald keine Untat, derer man ihn nicht beschuldigt hätte.

Aber sosehr sich die Menschen auch bemühten, den alten Krampenfurz in Misskredit zu bringen, man konnte ihm sein Lebtag nichts nachweisen ...

Der Kondensmilchmann

Zwanzig nach sieben, Supermarkt «Fröhlicher Mohr». Die Fröhlichkeit hat sich ein lauschigeres Plätzchen gesucht, irgendwo weiter im Süden vielleicht, gegen Mittag, frühestens. Und auch kein Mohr weit und breit. Nur graue Mienen, graue Mäntel, graue Menschen. Louis Armstrong röhrt munter aus den Boxen, das nennen sie behagliche Atmosphäre, draußen grauer Himmel, zwanzig nach sieben in der Früh, ein Scherz. Die Kassen rattern.

Vorne sie, einen Apfel in der Hand, hinten er, Kondensmilch, wie immer. Ganz vorne in der Reihe ein alter Mann mit vollem Einkaufswagen. Schokozwergi, nichts als Schokozwergi. Alte Männer gehen sonst nur nachmittags zum «Fröhlichen Mohren». Wahrscheinlich kommen seine Enkel auf Besuch, denkt der Kondensmilchmann am Schluss der Schlange, umso besser. Und er betrachtet wieder sie. Die Apfelfrau. Katzenhafte Apfelfrau.

Täglich um zwanzig nach sieben kauft die Apfelfrau einen Apfel. Täglich um zwanzig nach sieben kauft der Kondensmilchmann eine Dose Kondensmilch. Er braucht keine Kondensmilch. Seinen Kaffee trinkt er schwarz. Er müsste erst viel später aus dem Bett. Doch dann wäre sie nicht mehr da, die Apfelfrau. Katzenhafte Apfelfrau. Schwarz glänzende, weißhäutige Apfelfrau. Sie könnte Tänzerin sein. Aber Tänzer tanzen nicht um diese Uhrzeit.

Täglich um zwanzig nach sieben steht der Kondensmilchmann in der Warteschlange. Gleich hinter der Apfelfrau. Er kauft Kondensmilch, weil Kondensmilch haltbar ist. Etwas muss er kaufen. So kann er die Apfelfrau ansehen. Er bezahlt und tritt auf die Straße. Grauer Himmel, Nieselregen. Die Apfelfrau verschwindet eben um die Ecke. Wahrscheinlich ist sie Studentin. Eine von den fleißigen. Der Kondensmilchmann geht heim und stellt die Dose mit Kondensmilch zu den anderen.

Es sind Hunderte. Sie stapeln sich in der Küche, im Bad, im Schlafzimmer. Sie füllen die Schränke. Der Kondensmilchmann geht seit über zwei Jahren zum «Fröhlichen Mohren». Das macht rund sechshundert Dosen Kondensmilch, wenn man die Sonntage und die Ferien wegzählt. An den Sonntagen kein «Fröhlicher Mohr». In den Ferien keine Apfelfrau. Der Sommer kommt. Und die Ferien.

Der Kondensmilchmann hasst die Ferien. Er mag die Sonntage nicht, aber die Ferien fürchtet er. Zwei Monate ohne Apfelfrau.

Ich muss ein Zeichen setzen, stark sein, etwas wagen, denkt der Kondensmilchmann, morgen beginnen sie, die Ferien.

Zwanzig nach sieben, Supermarkt «Fröhlicher

Mohr». Mahalia Jackson swingt über Müsliriegeln und Klosettpapier, draußen strahlt die Sonne. Der Kondensmilchmann fasst sich ein Herz. Er kauft keine Kondensmilch. Er kauft einen Apfel.

Vor ihm in der Schlange, katzenhaft, die Apfelfrau. Sie duftet.

Der Kondensmilchmann ist sehr aufgeregt. Er denkt: Ich habe ein Recht auf diesen Apfel. Viele Menschen essen Äpfel. Es ist ganz selbstverständlich. Ich kaufe einen Apfel, weil ich will. Dies ist ein freies Land. Ich bin ein freier Mann. Ich möchte heute einen Apfel essen. Er denkt: Ich habe noch nie einen Apfel gekauft. Ich bin ein unverschämter Kerl. Mein Zeichen ist zu aufdringlich, zu plump. Hoffentlich bemerkt sie es nicht.

Die Apfelfrau bemerkt es nicht. Biegt um die Ecke, und die Ferien kommen.

Es werden seltsame Ferien. Heiße, gute Ferien. Der Kondensmilchmann kauft keine Kondensmilch mehr. Er schläft sich aus. Er schreibt. Er fährt mit seinem Rad zum See, liegt in der Sonne, schwimmt. Neben ihm liegt eine Frau im Gras. Sie liest ein Buch. Auch andere Mütter haben schöne Töchter. Manchmal ist alles so einfach.

Als die Tage kürzer werden und die ersten Drachen steigen, sind sie ein Liebespaar. Er und sie, die Frau mit dem Buch. Die Ferien sind längst vorbei. Auf dem nassen Pflaster glänzt die Neonschrift des «Fröhlichen Mohren».

Der Kondensmilchmann geht nicht mehr hin. Er sucht eine größere Wohnung. Für sich und für seine Freundin und für das Kind, das sie erwartet. Und für sechshundert Dosen Kondensmilch.

Die Wohnung ist hell und schön. Gründerzeit.

«Vorher war diese Kommune drin», sagt der Makler. «Studenten. Nichtstuer eben. Man hat die Leute delogiert, nach allem, was die hier getrieben haben.»

«Sehen Sie selbst», sagt der Makler, «eine Wohnung ist doch kein Lagerhaus.» Er öffnet eine Tür. Dahinter stapeln sich die Einmachgläser bis zur Decke. Es sind Hunderte.

«Diese Verrückten», sagt der Makler zum Kondensmilchmann, «können Sie das verstehen? Apfelmus. Nichts als Apfelmus.»

Schäfchen zählen

E in Schaf liebte ein anderes Schaf.

Ein Schaf hieß Leopold und das andere Gundi. Leopold war Gundi eines Abends begegnet, im Kopf eines neunjährigen Knaben, der nicht einschlafen konnte und deshalb Schäfchen zählte. Leopold und Gundi waren unmittelbar hintereinander gezählt worden.

Leopold hatte sich gleich in Gundi verliebt. Er war nach ihr in der Reihe gestanden und hatte nicht viel mehr gesehen als ihr weiches, wolliges Hinterteil. Aber: Was für ein Hinterteil, hatte Leopold gedacht, was für ein Schafsweib! Und wie wundervoll die Lämmer, die sie mir gebären wird! Leopold war ziemlich selbstbewusst.

So waren die beiden am inneren Auge des Knaben vorbeigezogen, und ihre Zeit war kurz, zu kurz gewesen. Denn kaum, dass sie die leise gemurmelten Nummern dreizehn (Gundi) und vierzehn (Leopold) erhalten hatten, verloren sie sich im Nebel der kindlichen Träume.

Zuerst wurde aus Gundi nichts, dann wurde aus Leopold nichts.

So war das.

Am folgenden Abend sah Leopold Gundi wieder. Ein

Stich des Erkennens, ein kleiner Augenblick Verliebt-
heit für Leopolds pochendes Schafbockherz, dann die
schläfrige Kinderstimme: «... dreizehn ... vierzehn ...»,
und Gundi und Leopold hörten auf zu existieren.

«He du! Du da vorne!», blökte Leopold am dritten
Abend. «He, du! Dreh dich doch mal um!», am vierten. «He, du! Wie heißt du denn?», am fünften. «He,
du! Ich heiße Leopold!», am sechsten.

Am siebenten Abend blieb Leopold still.

Am achten wandte Gundi ihren Kopf nach hinten
und blickte ruhig in Leopolds Augen: «Sag nie wieder
‹He du› zu mir!» Gundi wusste, was sich gehört. Sie
war ein stolzes Schaf.

So kamen die beiden ins Gespräch. Und siehe da,
nach wenigen Wochen hatte auch Gundi Leopold ins
Herz geschlossen, diesen Rüpel, der sich in ihren Hin-
tern verliebt hatte.

Es ist nicht leicht, auf diese Art zu lieben: Tag für
Tag nicht mehr als zwei Sekunden Zeit für all die sanf-
ten Worte, die tiefen Blicke, die versonnenen Schnup-
pereien ...

Wie soll man da bloß Lämmchen machen?

Anfangs scherzten die beiden noch. «Hast du Lust
auf Kino?», hieß es da oder: «Komm, wir stellen uns
ganz hinten an!»

Aber nach einem halben Jahr versiegte ihr Humor
und wich einer tiefen und stummen Hoffnungslosigkeit.

Und eines Abends flüsterte Gundi heiser: «Vergiss mich, es hat ja doch keinen Sinn …»

Leopold zitterte vor Wut. Er hasste diese Ohnmacht, dieses ausweglose Schicksal, dieses Nicht-sein-Können und Doch-sein-Müssen, er hasste die widerwärtige, schläfrige Stimme, die zwischen ihm und Gundi stand, er hasste seinen Schöpfer.

Und der Zorn brach aus ihm hervor. «He du!», schrie Leopold und seine Augen flackerten rot und wild, «Zeig dich, du dreckiger kleiner Schäfer!» Abend für Abend grölte und blökte Leopold und bald stimmte Gundi mit ein: «Leben!», schrie sie, «Wir wollen doch nur leben!»

«… dreizehn …», murmelte schläfrig die Kinderstimme, «… vierzehn …»

Eines Abends, während er Schäfchen zählte, hatte der Knabe eine lustige Idee: Er stellte sich vor, zwei seiner Schäfchen seien ineinander verliebt. Sie trabten langsam durch das saftige Gras, trunken vor Sonne und Glück, sie legten selig ihre Köpfe aneinander und tauschten kleine Küsse. Der Knabe malte sich aus, wie die beiden älter wurden und wie viele kleine Lämmchen die Wiese bevölkerten. Es war eine Welt ohne Winter, ohne Wolf und ohne Wut. Es war ein Paradies.

Der Knabe zog die Bettdecke ein wenig höher. Und dann dachte er daran, wie die Lämmchen gemacht werden. Das war eine ziemlich angenehme Vorstellung. Und sie half besonders gut beim Einschlafen.

Der Knabe zählte nie wieder Schäfchen.

Wenn die Wildnis ruft

G raf Schlotzky war ein äußerst bescheidener Mann. Er brauchte niemals mehr als nur das Allernötigste, und Dinge wie Sektkühler, Weichspüler, Gesundheitsschuhe oder Trockenhauben waren ihm ein Gräuel. Graf Schlotzky kannte nur einen einzigen Luxus, und der hieß: Abenteuer. Ohne Abenteuer wollte er nicht leben.

Allein, wohin er sich auch wandte, die Welt begegnete dem Grafen längst entdeckt und kultiviert. Wohl gab es allerorten Kriege, die ein erstaunliches Maß an Aufregung verhießen, jedoch es waren Schlachten nach der neuesten Mode, mit Zahnseide und Quarzuhren in den Schützengräben, mit Ärzteteams und Korrespondenten und all dem Schnickschnack. Diese Kriege wurden am Computer komponiert, es fehlte ihnen die archaische Wildheit.

Der Graf hatte im Himalaja nach dem Yeti gesucht, er war am Amazonas auf des Bigfoot Spuren gewandelt, er hatte schließlich lange Wochen an den Ufern des Loch Ness verbracht, bangend und wartend, doch ohne Erfolg. Was fremd war und geheimnisvoll, das blieb auch Graf Schlotzky verschlossen, ja, die Mysterien dieser Welt schienen sich nachgerade gegen ihn verschworen zu haben, indem sie ihn entweder mieden oder gar keine Mysterien waren. Dafür war sein Weg stets mit alten Autoreifen und leeren Bierdosen gepflastert gewesen. Bei den Aborigines Australiens hatten ihn Mickey Mouse und eisgekühltes Coca-Cola erwartet, die Cherokees und Sioux empfingen ihn mit Folkloreshows und klimatisierten Spielkasinos. Selbst die Eskimos in den fernsten Fernen Grönlands verfügten über Handys und Klosettpapier und rauchten Filterzigaretten.

Graf Schlotzky war müde und verbittert. Er saß in einer «Honky-Burger»-Filiale im Süden von Timbuktu und blätterte lustlos in der Morgenausgabe der *Wiener Nachrichten*, als sein Blick auf eine ungewöhnliche Meldung fiel.

«Letzte Klappe für Kamerateam – waren es die Kannibalen?», hieß es da, und darunter, etwas kleiner: «Dokumentarfilmer im Urwald von Neuguinea verschollen.»

Der Graf las mit wachsender Erregung. Und als er geendet hatte, da leuchtete heller denn je zuvor das Feuer in seinen Augen.

«O Exotik», murmelte er ergriffen, «o geheimnisvoller Dschungel, durchtränkt mit Gefahr, o grüne Hölle, wo der Mensch noch den Menschen isst, bestialisch und nackt, dem reißenden Tiere gleich, o geliebtes, grausames Paradies, ich komme …»

Nach kaum zwei Wochen erreichte Graf Schlotzky den kleinen Hafen Malalamai und betrat Neuguinea, das verheißungsvolle Land. Und bald schon stand er am Fuße der Berge von Finisterre, in deren düsteren Schluchten der Urwald wucherte. Das Abenteuer konnte beginnen.

Nur langsam kam der Graf voran, Meter um Meter schob er sich vor, und da, wo seine Machete eben noch eine Bresche in das dampfende Dickicht geschlagen hatte, schlossen sich, wie von Geisterhand bewegt, gleich wieder die Blätter hinter seinem Rücken. Seltsame, fremde Stimmen begleiteten ihn, Stimmen nie gesehener Vögel, die hoch über ihm in den mächtigen Kronen der Baumriesen wohnten. Selbst nachts war der Dschungel von Leben erfüllt, von Rascheln und Raunen und fernen wilden Schreien.

Graf Schlotzky war lange unterwegs. Bald zählte er die Tage nicht mehr. Aber schließlich lichtete sich das Buschwerk und machte einem schier unendlichen Gewölbe Platz, einer schillernden Kathedrale, durch deren grüne Kuppeln die Sonnenstrahlen blitzten. Und da vernahm der Graf das Trommeln. Ein ferner, dumpfer Rhythmus drang durch die verschlungenen Lianen und verband sich mit dem Pochen seines eigenen Herzens. Die Erfüllung war nahe. Das spürte er. Nun hieß es, jeden Moment auszukosten, was auch immer da kommen würde. Im selben Augenblick, da der Graf dies dachte, schlug ein martialisches Gebrüll aus dem Unterholz, und schneller als ein Flügelschlag brachen die Papuas hervor, nackt, schwarz und wild, und in ihren weit aufgerissenen, mordlustigen Augen spiegelten sich die Spitzen von Giftpfeil und Speer. Und als sie den Grafen packten und, einem erlegten Bären gleich, an einen langen Ast banden, um ihn ins Dorf zu tragen, erstrahlte ein seliges Lächeln auf seinem Gesicht. Still und demütig senkte er den Blick.

Voran schritt der Häuptling der Papuas. Ein dicker weißer Knochen zierte seine Nase, einen weitaus dickeren trug er über sein Gemächt gestülpt. Der prächtige Federbusch auf des Häuptlings stolzem Haupt wippte im munteren Gesang seiner Krieger. Einmal gebot er dem Tross zu halten, und er trat auf den Grafen zu und zwickte und prüfte die Schenkel und Waden, die Lenden, das Bauchfleisch. Dann schien er zufrieden, und seine Zähne strahlten wie weiße Perlen. Da jubelte die Horde der Papuas, und der Marsch wurde fortgesetzt.

Am Rande des Dorfes hatten sich schon die Frauen und Kinder versammelt. Sie lachten und tanzten und warfen dem Grafen gierige Blicke zu. Auf dem großen Platz in der Mitte wurden die Fesseln gelöst, doch nur kurz. Schon bald fand sich Graf Schlotzky an einen mächtigen knorrigen Baum gebunden, der vor dem reich verzierten Langhaus des Häuptlings stand. Die Frauen trugen Laub und Holz herbei, das sie in eine tiefe Grube warfen, zwei Krieger schlugen Feuer aus dem Stein, die Kinder, mit Pfeil und Bogen bewehrt, sprangen vergnügt um den Grafen herum. Sie drohten und schwenkten die Waffen und spielten die Jagd, doch plötzlich stoben sie wie junge Hühner auseinander, denn es nahte der Häuptling. Wild und ekstatisch schlugen die Trommeln jetzt an, ernst und würdevoll hob der Stammesfürst sein steinernes Messer.

Nun, dachte Graf Schlotzky, bin ich am Ziel. Welch große, welch ehrwürdige Stunde meines Lebens! Heimgekehrt bin ich, endlich heimgekehrt zu den Wurzeln der Menschheit, in den glühenden Schoß der Natur!

Und das Glück übermannte den Grafen mit nie da gewesener Wucht, er konnte die Tränen nicht mehr halten, und wie im Rausch brach es aus ihm hervor: «Ja!», brüllte Graf Schlotzky. «Ja! Stich zu, du edler Wilder, du wunderbarer Anthropophage, vollende mein seliges Schicksal! Reißt mir das Herz heraus, ihr herrlichen, triebhaften Menschen, verspeist mich mit Haut und mit Haar, gut will ich aufgehoben sein in euren geheiligten Mägen, denn ich liebe euch, ich liebe euch! Oh, welch ein Abenteuer!»

Da wurde es plötzlich still auf dem Dorfplatz. Die Trommeln waren verstummt. Die Papuas sahen entgeistert auf den Grafen, dann auf den Häuptling. Der aber ließ langsam das Messer sinken und blickte hilflos zu den Hütten hin.

«Schnitt! Schnitt! Kamera aus! Verfluchte Scheiße! Wo habt ihr diesen Idioten aufgegabelt!»

Ein Mann mit Jeans und Sonnenbrille sprang aus dem Langhaus und lief mit geballten Fäusten auf Graf Schlotzky zu. Er duftete nach teurem Aftershave.

«Du Arsch! Kannst du nicht sterben wie andere auch? Die ganze Szene, alles ruiniert!»

«Nicht ist unser Schuld», sprach da der Häuptling. «Wir kriegen trotzdem Dollar.»

Pompes Funèbres

Laszlo liebt seine Leichen. «Ist es gut? Ist es gut so, mein Schätzchen?», fragt er immerzu, wenn er sie wäscht. Und sanft wandert sein schimmerndes Seidentuch über die weißen Leiber und benetzt sie mit Rosenwasser.

Eine Pracht ist sein stiller Laden, ein Juwel aus schwarzem Samt und Goldrosetten, durchflutet von den süßen Düften des Balsams. Und in der Mitte, rund und glänzend, huscht Laszlo selbst umher, der Herr der Hüllen, der Meister des Fleisches. Ab und zu tritt Laszlo hinaus auf die Straße und sendet die Blicke ergriffen nach oben, wo über der Pforte gewichtige Lettern die stolze Berufung verkünden: «Laszlo Fekete – Pompes Funèbres».

Laszlo hat keine Freunde mehr. Nicht, weil sie ihre hässlichen Späße mit ihm getrieben, ihn verhöhnt haben und ausgelacht. Jede noch so böse Kränkung hätte Laszlo wacker ertragen. Aber die ehrlosen Gesellen haben Schlimmeres getan, haben Verbrechen verübt, die keine Duldung dulden. Seine Kundschaft haben sie beleidigt, und sie haben die Würde der Toten mit Füßen getreten.

Nebelhaft zieht die Vergangenheit an Laszlo Feketes innerem Auge vorbei, die Zeiten im Schlachthaus, der klebrige Schweiß und das dampfende Blut der zuckenden Kälber, und er hört von ferne das Brüllen der Metzger, das Quieken der Schweine, das Ächzen der schweren, triefenden Haken, den schrillen Gesang der eisernen Ketten.

Mit flinken Fingern hat Laszlo damals das Messer geführt, dass sprudelnd der rote Saft in die Wannen brauste, vierhundert Kehlen hat Laszlo am Tage durchtrennt, bis endlich, nach achteinhalb Jahren, Marie erschien. Die gute, die alte, die reiche Marie. In der Vorstadt ist es gewesen, da saßen die Fleischer bei Wurst und Wein, der feiste Meier, der den Stieren die Hoden abschnitt, und der schmächtige Eckel, der ihnen die Kutteln entfernte. Und am Nebentisch Marie, faltig und grau, mit ihrem Pudel.

«Komm nur, Hunderl», hat Laszlo gegurrt und zärtlich das Tierchen mit Schinken gefüttert.

«Ein Gulasch fürs Gulasch!», hat Meier gegrölt. «Und ein Grießkoch fürs Frauerl!»

Und während sich Meier brüllend auf die fetten Schenkel geschlagen und Eckel vor Lachen einen halben Liter Riesling in seinen speckigen Hosen verloren hat, da hat Marie dem Laszlo ein kleines, zahnloses Lächeln geschenkt.

Die gute Marie. Die reiche, sparsame Marie. Ein halbes Leben lang hat sie fünf dicke Sparbücher redlich verwahrt, das Erbe ihrer fünf verblichenen Männer. Dem Tierheim wollte sie alles vermachen, oder doch noch dem Einen, dem Sechsten, dem Richtigen?

Marie ist viel zu früh gestorben, aber in ihren brechenden Äuglein hat das Liebesglück geleuchtet.

Zwei Tage nach der Hochzeit hat Maria Fekete das Zeitliche gesegnet. Von Wasti, dem Pudel, wurde sie vor den Omnibus gezerrt, so rasch, dass Laszlo, der frischgebackene Gatte, sie nicht mehr zu halten vermochte. Auch Wasti war auf der Stelle tot, er hat Laszlos drohendes «Böses Hunderl!» nicht mehr gehört.

Das Begräbnis ist schlicht gewesen, aber würdevoll. Unter den ergreifenden Klängen einer Hammondorgel hat Laszlo der lieben Marie manch salziges Tränchen nachgeschickt.

Und nachher, beim Leichenschmaus, hat der gebrochene Witwer verkündet, er werde sein sinnlos gewordenes Leben fortan der Pflege der seligen Toten widmen. Einen Tempel wolle er errichten, einen Hort des Friedens, ein eigenes kleines Bestattungsinstitut. Das bescheidene Vermögen Maries werde allein diesem noblen Zweck dienen.

«Prost!», hat Meier durchs Lokal gejohlt. «Gebt den Leichen deutsche Eichen! Mahagoni für den Toni! Auf einen guten Kilopreis!» Und Eckel musste schon wieder die Hosen wechseln.

Laszlos hurtige Hände zaubern einen Hauch von Rouge auf das weiße Antlitz einer Wasserleiche, während die Schatten der Erinnerung über sein eigenes ziehen. Laszlo denkt an den glorreichen Tag, als Schwaden von Weihrauch den üblen Geruch von Lack und Leim aus dem Laden vertrieben, er denkt an den Tag der Eröffnung.

Aus dem nahegelegenen Altenheim ist man zuhauf herbeigeströmt, um sich an Brötchen und Sekt zu laben. Welch großer Moment im Leben des Laszlo Fekete! Wie himmlische Harfen haben die dünnen Stimmchen der Greise geklungen ... Und dann, im Moment seines größten Triumphes, sind Meier und Eckel hereingestürmt. Ohne dass Laszlo sie eingeladen hätte.

«Esst mir ja nicht von den Brötchen!», hat Laszlo ihnen noch zugezischt. Doch die beiden haben anderes im Sinn gehabt.

«Schönheitswettbewerb!», hat Meier gebrüllt und sich eine der goldenen Urnen aus der Vitrine gegriffen. «Ein Pokal für Miss Mumie!» Und dann hat er dem Eckel zugelallt: «Jetzt frag doch den alten Halsabschneider, was das heißen soll: ‹Pompfuneber›? Ich tät sie anders nennen, die Gruft! Wie wär's mit ‹Fesch und faulig› oder ‹Modern modern›?»

Laszlo zieht bedächtig die Gummihandschuhe von den Fingern und seufzt. Seine Gäste haben sich damals rasch verabschiedet. Aber nach und nach sind sie alle zu ihm zurückgekehrt. Und er hat sich ihres Vertrauens als würdig erwiesen, hat gute Arbeit an ihnen geleistet.

Laszlo rollt die Bahre ans hintere Ende des Raumes,

entriegelt die Tür der Kühlkammer und tritt ein. Da liegen sie nun, sanft und still wie im Märchen, schlafenden Kindern gleich, da liegen Meier und Eckel, wie Gott sie erschaffen hat, und auf ihren Haaren glitzern die Eiskristalle.

Der Kommissar persönlich hat gesagt, es sei nicht Laszlos Schuld gewesen. Laszlo habe nicht wissen können, dass ihm die beiden einen dummen Streich spielen wollten. Dass ihre Sterbeurkunden Fälschungen waren, von Meier und Eckel selbst angefertigt. Dass die vermeintlichen Leichen auf ein vereinbartes Zeichen hin aufspringen wollten, um Laszlo zu erschrecken. Der Kommissar hat gemeint, es sei Laszlos gutes Recht gewesen, den Laden abzusperren und Feierabend zu machen, nachdem er Meier und Eckel noch rasch in den Kühlraum gebracht hat. Dass sie sich dabei nicht gerührt haben, sei wohl dem hohen Alkoholgehalt in ihrem Blut zuzuschreiben. Der Kommissar hat den Fall abgeschlossen.

Laszlo Feketes Blick ruht lange auf den beiden starren Leibern. Und mit einem Mal ist aller Zorn verflogen. Laszlo spürt, wie eine große Zärtlichkeit aus seinem Herzen steigt. Es ist die Liebe selbst, die Laszlo übermannt, ja, es ist die unendliche, heilende Kraft der Vergebung, denn Laszlo weiß: Menschen können sich ändern. Und Meier und Eckel haben sich, weiß Gott, geändert.

Im Wirtshaus «Zur Krone»

Traudel putzte, Traudel kehrte, Traudel wusch. Und Traudel kochte.

Bertel, ihr Gatte, tat nichts dergleichen.

Während Traudel in der Küche stand, plusterte er sich hinter der Budel auf, soff und scherzte mit den Kunden, ließ sich feiern. Wer dem Kronenwirten schmeichelte, der trank auf Kosten des Hauses. Zwei, drei, fünf Treberne oder Vogelbeer, je nach erreichter Punktezahl auf der nach oben offenen Huldigungsskala: «O Albert, Graf von Gulasch und Gröstl!», hörte Traudel einen der Gäste rufen. «O Albert, Ritter vom goldenen Schnitzel!» einen anderen. Sie spuckte verächtlich in die Hände, griff sich einen Batzen Semmelfülle und stopfte ihn von hinten in die tote Gans. Das schmatzte zwischen den Keulen. Traudel hob grinsend den Blick zum offenen Fenster.

Draußen stand Gunnar im Sonnenlicht. «Darf ich das auch probieren, schöne Frau Gertraud?», schnurrte Gunnar.

Obwohl er Softwaretechniker war, kam Gunnar mit der Gans ganz gut zurecht. Und dann auch mit Traudel. Eigentlich war Gunnar gar nicht so soft. Im Gegenteil: Er stopfte Traudel mit allem, was er an Hardware zu bieten hatte. «Es kommt eben doch auf die Technik an», grunzte er, während Traudels nackte Brüste im Mehl wippten.

An diesem Tag kamen Gunnar und Bertel zugleich: Gunnar kam in Traudel, und Bertel kam in die Küche.

Am folgenden Tag blieb das Wirtshaus «Zur Krone» geschlossen. Kein lustiges Gläserklirren erfüllte den Schankraum, kein Sterz und kein Beuschel dufteten aus der Küche. Weg war die Wirtin, die Putzfrau und Köchin, die sonst immer briet und dämpfte und röstete. Weg war Traudel. Auf frischer Tat ertappt, hatte sie, ohne zu zögern, ihr rahmsoßebesudeltes Bürzel aus dem Fenster gewuchtet und das Weite gesucht, um den rasenden Fäusten ihres Ehewirten zu entgehen. Gunnar war nicht so schnell gewesen – ein gelüpfter Rock ist eben flotter als eine heruntergelassene Hose. So kam es, dass Bertel mit Gunnar vorliebnahm. Er drosch auf ihn ein, klopfte und walkte seinen weibsgeilen Wanst nach allen Regeln der Kunst. Gunnar verließ die Küche auf allen vieren, und er verließ sie als kulinarisches Paradoxon: gut durch und trotzdem blutig.

Rechtschaffen müde hatte Bertel schließlich die Läden dichtgemacht, die Tür verriegelt und sich einen Obstler eingegossen. Dann hatte er in der Dunkelheit gesessen, das wiederkehrende, unauslöschliche Bild vor Augen: Traudels schlenkernde Schenkel, Gunnars schmatzender Schinken … Der Obstler hatte das Bild nicht vertrieben, auch der Korn nicht und der Kümmel und der Cognac. Es half nichts, die Augen zu schließen: Das Bild hing hinter den Pupillen, es hatte sich scharf und klar in Bertels Hirn gebrannt. Selbst der Schlaf, der spät erst über ihn gekommen war, konnte die Endlosschleife nicht stoppen: Die Träume erwiesen dem Trauma die Ehre; sie spielten immer nur den einen Film.

Bertel erwachte mit schmerzendem Rücken; sein Geist tauchte auf und schnappte nach Luft – er bekam keine. Wieder kreisten die Gedanken nur um Traudel, wieder und wieder kehrte das Bild ihrer schändlichen Küchenkopulation, und wie von Geisterhand war nun eine Tonspur dazugekommen, ein Schnaufen und Hecheln in Dolby Surround. So konnte es nicht weitergehen, Bertel wusste das. Er musste etwas unternehmen. Er musste sich reinigen, er musste Traudels Verrat aus seinem Bewusstsein entfernen.

Bertel putzte, Bertel kehrte, Bertel wusch. Und Bertel kochte, jedenfalls innerlich.

Er hatte sich Kübel und Putzzeug aus der Abstellkammer geholt; nun kroch er über Kacheln und Parketten, um jede Erinnerung an das Geschehene zu tilgen. Zwei Spuren zogen sich durch das Lokal; die eine, deutlich sichtbar, hatte der angeschlagene Gunnar quer durch den Schankraum gelegt. Rötlich braun führte sie in sanfter Kurve um die Theke, und Bertel schrubbte sich an ihr entlang, kratzte Blutpartikel aus den Fugen, verlor sich bald in immer genauerer Prüfung des hölzernen Bodens, der Spalten und Risse, Ecken und Kanten, bis seine Hände endlich an die Eingangstür stießen. Was jenseits ihrer Schwelle lag, blieb unsichtbar und zählte daher nicht; die gute Stube schien von Gunnars Blut gesäubert, und Bertel kehrte in die Küche zurück.

Die andere, kaum erkennbare Spur verlief in die Gegenrichtung, am Herd vorbei auf die Kredenz, über das Schneidbrett und die halbgefüllte, schon etwas vertrocknete Gans bis an das Küchenfenster. Bertels Zorn wallte abermals hoch, als er mit ihrer Entsorgung begann. Die zweite Spur, das waren die winzigen Gunnars, die Traudel auf ihrer hastigen Flucht verloren hatte.

«Schmutzige Schlampe», murmelte Bertel mit hochrotem Kopf, «mannstolle Metze ...»

Abertausende Gunnar'scher Samentierchen versanken im Abwaschwasser, während Bertel auf der Anrichte kauerte, um nach weiteren Schandflecken zu suchen. Er schabte und schrubbte und scheuerte; noch mehr als zuvor verlor er sich nun in akribischer Putzwut, im Mikrokosmos der Texturen von Holz und Gänsehaut. Im selben Maß, in dem sein Blick vom Kleinen ins immer Kleinere zoomte, wuchs der Raum, der ihn umgab, und mit dem Raum wuchs Bertels Arbeitsfeld; bald war das Wirtshaus «Zur Krone» zum Universum angewachsen, zu einer unendlichen Müllhalde Traudel'scher Sedimente, die es zu beseitigen galt. Nach Wimpern und Schuppen gab es ja noch ihre Finger- und Fußabdrücke, und waren die erst ausgelöscht, dann verbargen sich gewiss noch zartere, homöopathische Ablagerungen in allen Ecken des Lokals, die feinstoffliche Traudel sozusagen ...

Bertel sperrte die «Krone» nicht mehr auf. Längst verloren, tiefversunken, schneckengleich robbte er durch die Räume und zog eine feuchte Spur über den Boden. Er war der großen Welt entglitten, hatte keine Augen und Ohren mehr für sie. Er horchte nicht einmal auf, als sich im Schloss der Eingangstür ein Schlüssel drehte, als jemand in die Stube trat und bald ein verhaltenes Flüstern und Kichern ertönte.

Bertel putzte, Bertel kehrte, Bertel wusch. Und Traudel kochte.

Gunnar tat nichts dergleichen.

Er hatte seinen Platz hinter der Budel gefunden, soff und scherzte mit den Kunden, ließ sich feiern. Wer dem Schneckenwirten schmeichelte, der durfte mit Bertel, seinem Maskottchen, spielen. Wenn man sich nämlich vor den irren Bertel stellte und ein wenig wartete, konnte man später das Wirtshaus «Zur Schnecke» mit frisch geputzten Schuhen verlassen.

Wenn ...

Wenn die alte Buchwieser Anna damals am vierten Oktober das Gulasch nicht versalzen hätt, dann wär alles ganz anders gekommen.

Es war nämlich so: Das Salzfassl ist ihr aus den gichtigen Fingern gerutscht und mitten in den Topf gefallen, und sie, die blöde Buchwieser, hat's einfach wieder herausgeholt und weitergekocht und hat keinem was gesagt. Hat's einfach so serviert, das ungenießbare Gschlader, mit Nockerln, und die waren nicht einmal so schlecht. Aber die Nockerln haben, wie man so sagt, das Kraut auch nicht mehr fett gemacht, also ist der junge Herr Otto gleich nach dem ersten Bissen aufgesprungen und im Zimmer herumgehüpft und hat Grimassen geschnitten und sich die Hände vor den Mund gehalten, und dann ist er zum Fenster gelaufen, wie wenn er hinausspeiben hätt wollen. Man kann ihm keinen Vorwurf machen, dem jungen Herrn Otto; er war erst sieben und ein bisserl verzogen, und das Gulasch hat wirklich grauslich geschmeckt. Draußen jedenfalls, auf dem Fensterbrett, ist eine Taube gesessen, und die ist natürlich vor lauter Schreck weggeflogen, wie der Bub den Kopf rausgestreckt hat. Die Taube ist also die Seilerstätte entlang bis zur Himmelpfortgasse geflogen, und gerade dort ist in dem Moment das junge Fräulein Hannah aus dem Haustor gekommen. Sie war auf dem Weg zum Naschmarkt, einkaufen gehen, aber plötzlich hat sie gespürt, wie ihr was auf den Kragen fällt, und das war die Taube, die dem Fräulein Hannah auf den Ballonmantel geschissen hat. Also hat sie sich geärgert und ist zurück in die Wohnung, um sich was anderes anzuziehen.

Wenn also die Buchwieser Anna damals das Gulasch nicht versalzen hätt, dann wär das Fräulein Hannah gleich weiter zum Naschmarkt gegangen. Und genau um drei Minuten nach zwölf wär sie die Akademiestraße hinunter und hätt an der Ecke Bösendorferstraße eine kleine Karambolage gehabt, einen Zusammenstoß mit einem Herrn in ihrem Alter.

«Mein Gott! Jetzt hab ich mich aber erschreckt ... Oje, da hab ich was angerichtet ...»

Sie schlägt die Hände vor den Mund. Starrt entsetzt auf die Blätter und Bögen, die verstreut im Straßenstaub liegen. Zeichnungen, Bilder sind darauf, nicht unbedingt eine Offenbarung, wie Hannah findet, aber über Kunst lässt sich bekanntlich ...

«Das tut nichts», sagt der junge Mann mit der Mappe ausdruckslos. «Es ist Schund. Ich brauche sie nicht mehr.»

Er steht da, völlig steif, macht keine Anstalten, sich zu bücken, um seine Werke einzusammeln. Hannah tut es für ihn.

«Sagen S' doch nicht so was ... Also ich find die Ar-
beiten ... gelungen ...»

Er schweigt. Nimmt die Blätter aus ihrer Hand und
schiebt sie achtlos in die Mappe zurück.

«Ich will auch einmal etwas Künstlerisches machen ... Sie kommen doch von der Akademie, oder?
Wie ist es dort so?»

Die Antwort kommt spät und sehr verbittert:

«Man will mich nicht.»

«Wie, man will Sie nicht?»

«Die Aufnahmsprüfung. Man hält mich für unbe-
gabt ...»

«Das tut mir leid ...»

«Danke. Entschuldigen Sie mich jetzt ...»

«Nein, nein, Augenblick», Hannah hält ihn mit
sanftem Druck am Jackenärmel zurück, «so kommen
Sie mir nicht davon. Was machen S' denn jetzt?»

«Nichts. Ich weiß nicht.» Wieder schickt er sich
zum Gehen an.

«Dann begleiten S' mich doch ein Stück ...»

Sie gehen nebeneinander die Friedrichsstraße entlang und an der Secession vorbei. «Der Zeit ihre Kunst.
Der Kunst ihre Freiheit», steht in großen Lettern über
dem Portal geschrieben.

«Wie heißen Sie denn?», fragt Hannah, um ihren
Begleiter auf andere Gedanken zu bringen.

«Hitler», sagt Hitler. «Adolf», fügt er hinzu, als er
Hannahs belustigten Blick bemerkt. «Und Sie?»

«Hannah … Hannah Neumann. Sie können Hannerl zu mir sagen.»

Hitler stutzt.

«Aber … Das ist doch … ein Judenname, oder?»

«Ja. Ein jüdischer Name. Wieso? Hat der Herr Adolf etwas gegen die Juden?»

«Selbstverständlich … Ich meine, ich weiß nicht … Was man so liest …»

«Haben S' denn schon einen kennengelernt?»

«Was?»

«Na, einen Juden?»

Hitler bleibt die Antwort schuldig. Hannah kann sich ein Schmunzeln nicht verbeißen. So ein Flegel, denkt sie im Stillen. Malen kann er nicht, Humor hat er auch keinen, und Charme ist ein Fremdwort für ihn. Überhaupt scheint er nicht der Hellste zu sein, aber so traurig und vergrübelt, wie er da neben ihr herstelzt, könnte man ihn fast schon wieder mögen. Er ist halt noch jung, sehr jung, der Herr Adolf …

Die Einkäufe sind bald erledigt. Adolf Hitler und Hannah Neumann sitzen im Café Museum; Hannah nippt an einem kleinen Braunen, Adolf trinkt Bier.

«Das wird schon», sagt Hannah, «Sie werden sehen: Morgen sieht die Welt ganz anders aus …»

Adolf holt Luft, blickt zur Seite, wischt sich mit einer flüchtigen Handbewegung ein feuchtes Schimmern aus den Augen.

«Die Juden …», sagt er jetzt, ein wenig stockend.

«Wenn die Juden nur … alle so wären wie Sie, Fräulein Hannerl …»

Es soll ein Kompliment sein, und Hannah versteht es.

«Sie sind mir aber ein ganz Gefährlicher», meint sie lächelnd.

Eine Woche später ist Adolf Hitler bei den Neumanns zum Kaffee eingeladen. Hannah hat Bier für den Gast gekauft, die Mutter hat Kekse gebacken, nur der Vater, der alte Samuel Neumann, wirkt verdrießlich. «Nix wie Zores», schimpft er vor sich hin. «An Goi muss sie uns schleppen an, das Kind, das meschuggene …»

Seine Meinung wird sich auch später nicht ändern. Im Gegenteil, sie wird sich festigen. «Oj, Gewalt!», ruft Vater Neumann, sobald Hitler wieder aus dem Hause ist. «Was für a Schmock, a geschwollener!»

Aber es hilft nichts: Schon bald zählt der junge Herr Adolf zu den täglichen Gästen im Hause Neumann, sitzt wortkarg herum, isst, trinkt und zündet am Sabbat die Kerzen an. Eines Tages jedoch fasst er sich ein Herz, nimmt Hannah zur Seite und schlägt die Hacken zusammen. «Wäre bereit», schnarrt er – die Fähigkeit des Flüsterns ist ihm nicht gegeben –, «dich zu ehelichen, Hannerl.»

«Ich frag meine Eltern», sagt Hannah.

«Gott in Himmel!», dringt wenig später die Stimme der Mutter aus dem Nebenzimmer.

«A Feuer soll ihm treffen, den Ganev, den miesen!»,
lässt sich der Vater vernehmen.

Kurz darauf kehrt Hannah zu Hitler zurück. «Sie haben eingewilligt», meint sie leise, «aber nur unter einer Bedingung ...»

Adolf reckt unwirsch das Kinn vor. «Und die
wäre?»

«Du musst ... ein Jude werden ...»

So kommt es, dass sich Adolf Hitler von der Male-
rei abwendet, um sich einem völlig neuen Studium zu
widmen. Er beginnt Hebräisch zu lernen, vergräbt sich
verbissen in Talmud und Thora und lässt sich – wohl
oder übel – beschneiden: Ein kleiner Schnitt nur für einen Menschen, ein gewaltiger für die Menschheit. Hitler nimmt den Namen Aaron an; bald sieht man ihn
nur noch mit Kaftan und Kippa durch die Straßen gehen, und als er nach zwei Jahren endlich vor den Beth
Din, das rabbinische Gericht, treten darf, um die zweite große Aufnahmsprüfung seines Lebens abzulegen,
da reichen ihm die Pejes bis zum Kinn.

«Kuck ihm an, den Tocheslecker ...», brummt Vater
Neumann grimmig.

Nach langen Stunden des Wartens klingelt es an
der Tür der Neumann'schen Wohnung in der Himmelpfortgasse. Hannah öffnet die Tür.

«Und?» Sie sieht Aaron fragend an.

«Nu was?», gibt Hitler zurück. «E Shaigitz bin ich
gewejn. Aber itzt, mei Hartzele, itzt bin ich e Jid!»

Wenn also die alte Buchwieser Anna damals, im Jahr 1907, das Gulasch nicht versalzen hätt, dann wär alles ganz anders gekommen. Wenn der junge Herr Otto die Taube nicht so erschreckt hätt, und wenn die Taube, die bestimmt keine Friedenstaube war, dem Fräulein Hannah nicht ins Genick geschissen hätt, dann würde die Welt heute anders ausschauen. Nicht dass die Ehe der Hannah Hitler ein Honigschlecken geworden wär. Untam bleibt Untam, aus einem Armleuchter wird nie ein großes Licht, und wenn sich das Würstel auch noch für das Salz dieser Erde hält, dann ist ihm wurscht, womit es sich aufplustern kann, Hauptsache ein großes Maul haben, renommieren und im Mittelpunkt stehen. Nein, die Hannah wär mit dem Aaron nicht glücklich geworden, sie hat sich einiges erspart, und das hat sie letztlich der Buchwieser Anna zu verdanken.

Die letzten Morlons

Die Hitze dauerte nun schon mehrere Wochen. Drückend und schwer hing die Luft über den trockenen Böden. Kein Laut war zu hören, ja selbst die Zikaden waren schon lange verstummt.

Im dürren Gras unter den Olivenbäumen döste die Herde. Träge lagen die Tiere und träumten sich an ferne Orte und in bessere Zeiten.

Nur einer träumte nicht, und das war Saul, ein junger Morlonbulle. Saul ruhte still zwischen den anderen, aber er fand keinen Schlaf. Man konnte das Weiß seiner Augen im Halbschatten leuchten sehen.

Saul betrachtete Dana.

Er liebte Dana, seit er denken konnte. Als Jungtiere hatten sie einander über die Steppe gejagt, sich gebalgt, im Spaß ihre Kräfte gemessen. Sie waren gemeinsam zur Wasserstelle gelaufen, fröhlich und ungestüm, hatten getrunken, waren um die Wette geschwommen, schnaubend vor Glück. Aber bald, zu bald hatte sich alles geändert. Eine sonderbare Spannung war zwischen ihnen aufgekeimt. Seltsame neue Gerüche hatten Sauls Nüstern umspielt, ein rauer und erdiger, der von ihm selbst, ein dunkler und süßer, der von Dana kam. Da war es Saul mit einem Mal gewesen, als würde ihm das Fell zu eng, als müsse sein Körper es sprengen, um einer nie gekannten Sehnsucht Platz zu machen. Dana jedoch war abweisend und wortkarg geworden, hatte sich von ihm entfernt und in sich selbst zurückgezogen. Saul liebte Dana. Doch der Stolz seiner Art verbot ihm, sich ihr zu nähern, solange sie seine Nähe mied.

Die Morlons waren stolze und stattliche Tiere. Seit jeher hatte ihr Tritt die Erde erbeben lassen, ihr wildes Röhren die wenigen Feinde. Wenn sie in vollem Lauf das Land durchquerten, dann stieg hinter ihnen eine Wand aus Staub auf, so hoch, dass sie noch meilenweit zu sehen war.

Doch jetzt war ihre Kraft dahin. Die Sonne hatte sie ausgezehrt. Sie spürten, dass nichts mehr zu tun war, als zu warten.

Eines Morgens kam der Mann, kam von den Bergen her. Erst als er schon ganz nahe war, da hoben die Morlons die Köpfe, erst als er vor ihnen stand, versuchten einige der Tiere, sich aufzurichten, sanken zurück, erhoben sich abermals, standen dann schwankend auf zitternden Beinen. Sahen ihn an.

Der Mann war alt. Aber sein Blick war jung und fest und ohne Furcht. Und seine kräftige Stimme trug seine Worte bald weithin über die Ebene.

Das Ende, so sprach er, sei nahe. Ein Wasser werde über die Erde kommen, so mächtig, dass alles Lebendige davon verschlungen würde. Doch ihm selbst sei ein Auftrag gegeben, der Auftrag nämlich, alle Arten von Tieren zu retten, und so auch die Art der Morlons. Zwei werde er auswählen, ein männliches und ein weibliches, dazu bestimmt, neues Leben in eine neue Welt zu tragen und ihre Gattung vor dem Aussterben zu bewahren. Es werde ein langer und mühsamer Weg, doch ein Weg in ein anderes, besseres Zeitalter.

Die Tiere gaben keinen Laut von sich. So manche düstere Ahnung war ihnen nun zur Gewissheit geworden. Und so fügten sie sich in ihr Schicksal, geschwächt vom quälenden Durst, von der schlimmen Nachricht erschüttert.

Auf seinen knorrigen Eichenstab gestützt, begann der Alte die Prüfung. Eines ums andere wurden die Morlons gemustert, die Hufe, das lange, zottige Fell, das Gebiss, die Farbe der Augen. Die Miene des Mannes blieb unbewegt, er runzelte niemals die Stirn, er lächelte nicht, er zeigte kein Missfallen, keine Zufriedenheit. Er prüfte nur, er prüfte lange und gewissenhaft, und als der Tag zur Neige ging, da hatte er seine Wahl getroffen. Eine bange, beklommene Stille lastete über der Herde, als der Alte bedächtig den Stock hob, um Leben und Tod voneinander zu scheiden. Kurz hielt er inne, senkte bekümmert den Kopf, als sei ihm sein eigenes Urteil zu hart, dann aber deutete er rasch und beinahe wie zufällig auf zwei der Tiere.

Es waren Saul und Dana.

Am selben Abend noch brachen sie auf, und mit ihrem Aufbruch setzte der große Regen ein.

Ein plötzlicher Wind trieb gewaltige Wolken heran, gleißende Blitze fuhren zur Erde, und dann, mit einem Schlag, öffneten sich die Schleusen des Himmels. Im Nu verwandelte sich der rissige Boden in ein Meer aus Morast, denn er konnte die Fluten nicht fassen.

Der alte Mann schritt voran, ihm folgte Dana, die Schweigende, und zuletzt watete Saul durch den Schlamm. Ein letztes Mal wandten die beiden Tiere den Kopf, um einen Blick auf die Herde zu werfen. Ein grauer Fleck in der Gischt, ein Schatten hinter dem dichten Regenschleier, mehr war nicht zu sehen.

Wenigstens, dachte Saul, haben sie jetzt zu trinken. Unaufhörlich strömte der Regen herab und vermischte sich mit Sauls und Danas Tränen.

Nach vielen Stunden erreichten die drei den Fuß des Gebirges. Nun kämpften sie sich die Hänge hinauf, der höchsten Kuppe entgegen, und mehr als einmal riss sie ein tosender Sturzbach beinah in die Tiefe.

Doch dann erreichten die drei einen schmalen, gewundenen Grat, umrundeten einen der vielen zerklüfteten Felsen, und da sahen sie es: Mitten vor ihnen lag das Schiff.

Schwarz und mächtig thronte es auf dem Gipfel, und die Blitze umzuckten seinen nassen, glänzenden Leib. Das ist es also, dachte Saul, das ist das Wunderwerk des alten Mannes, ein schwimmendes Haus, unsere Rettung, unsere Pforte zur Zukunft.

In diesem Augenblick wurde Saul von einem nie gekannten Glücksgefühl ergriffen. Es war, als wären ihm plötzlich Flügel gewachsen, um ihn durch die Lüfte zu tragen, dem schützenden Schiff entgegen, der Wiege all seiner frisch gewonnenen Hoffnung. Er und Dana würden gemeinsam das Ende der alten Welt überstehen, er und Dana würden ein neues Geschlecht begründen, mutig und voller Kraft. Ihre Kinder und Kindeskinder würden über saftige Weiden laufen, unter strahlendem Himmel, so heiter und ausgelassen wie einst ihre Eltern selbst: Saul, der Stammvater, Dana, die Mutter der Morlons, in tiefer und ewiger Liebe verbunden. Und all das Leid, all die Trauer über vergangene Zeiten würde vergessen sein.

Ein hölzerner Steg führte die drei zu einer Tür im Schiffsrumpf, da wartete schon eine Frau, die Frau des alten Mannes nämlich, und ihr Gesicht war von Sorge zerfurcht.

«Morlons», meinte der Alte nur und kratzte sein weißes, wassertriefendes Haupt, «Morlons. Ich hätte sie beinah vergessen.»

Saul und Dana erhielten ein Lager aus Stroh im obersten Stockwerk, gleich neben den Bisons und Büffeln. Sie nahmen die Unruhe nicht mehr wahr, die den finsteren Bauch des Schiffes erfüllte. Sie hörten das

Kreischen und Pfeifen, das Grunzen und Schnattern, das Quieken und Blöken und Meckern und Flattern nicht mehr. Sie sanken hin, zu Tode erschöpft, und fielen in tiefen Schlaf.

Die Flut stieg nun schnell. Nur wenige Tage, da war der Berg zur Insel geworden, ein letztes Stück Land, umspült vom wogenden Ozean. Dann, eines Nachts, fuhr ein lautes Knirschen und Knarren durch die Räume, dem einige wuchtige Stöße folgten. Kurz verstummten alle Tiere, aber bald ging ein Raunen durch ihre Reihen, denn sie spürten auf einmal ein Schwanken und Schlingern und Schaukeln. Sie wussten: Nun hatte das Wasser das riesige Schiff gehoben und trug es fort, seiner unsicheren Zukunft entgegen.

So trieben sie über das Meer, gefangen zwischen dem tobenden Himmel und der längst ertrunkenen Erde.

Der Regen dauerte vierzig Tage, und vierzig Tage lang währte Danas Schweigen. Einige Male überwand Saul seinen Stolz, versuchte, Dana zu trösten, sie aufzuheitern, doch ohne Erfolg. Schließlich ließ er von ihr ab und blickte stumm durch das kleine Fenster, das vor ihm in die Planken geschnitten war. Nach vierzig Tagen begann sich die Wolkendecke zu lichten, das stete Trommeln der Tropfen ließ nach, und am Morgen des einundvierzigsten Tages ging rot und warm die Sonne auf.

Da brach ein grenzenloser Jubel aus. Ohrenbetäubender Lärm durchbrandete das Schiff, wurde von den geteerten Wänden tausendfach zurückgeworfen, drang selbst in die hintersten Ecken und Winkel, wo die Borkenkäfer und Holzwürmer wohnten, verdichtete sich zu einem wilden, ekstatischen Sturm der Begeisterung. Und als der alte Mann erschien, um die Luken zu öffnen, und als die ersten Lichtstrahlen den düsteren Raum durchschnitten, da kannten die Tiere kein Halten mehr. Mit scharrenden Hufen und rauschendem Gefieder drängten sie zu den Leitern und Treppen hin, um an Deck zu gelangen.

Zuallerletzt kletterten Saul und Dana nach oben. Dann standen auch sie auf dem Schiffsdeck, inmitten der farbenprächtigen Menge, und schauten hinaus auf die glitzernden Wellen und atmeten tief die frische, gereinigte Luft. Saul spürte Danas Flanke an der seinen, und er sah, wie ein zarter Windhauch mit Danas Mähne spielte.

Da fasste sich Saul ein Herz.

«Ich bin glücklich», stammelte er und starrte verlegen zu Boden, «glücklich, dass du hier bist, dass wir hier sind. Ich liebe dich, Dana. Wir werden ein gutes Leben haben.»

Es war, als seien mit einem Schlag alle Geschöpfe verstummt, als hielte die kleine, schwimmende Welt den Atem an. Saul hörte nichts als das Hämmern des Herzens in seiner Brust, das Dröhnen des Blutes in seinen Ohren. Er merkte nicht, dass die anderen Tiere nach und nach, Paar um Paar in den Luken verschwanden, zurückkehrten unter das Deck. Er merkte nur, dass Danas Antwort lange auf sich warten ließ, und das war wohl Antwort genug.

Endlich brach Dana das Schweigen.

«Ich will», murmelte sie, «dieses Leben mit keiner Lüge beginnen. Es wäre wohl besser gewesen, bei der Herde zu bleiben, irgendwo da unten am Meeresgrund. Warum? Auserwählt bin ich und hatte doch selbst nie die Wahl. Fürs Leben sind wir bestimmt, allerdings, aber gehört dieses Leben noch uns? Verzeih mir, Saul. Verzeih mir. Ich mag dich, aber ich liebe dich nicht.»

Dana senkte den Kopf.

«Lass uns dennoch tun, was wir tun müssen», sagte sie dann leise. «Ich warte unten auf dich.»

Sie tanzten der untergehenden Sonne entgegen wie Federn im Wind. Bald schaukelten sie im Gleichklang sanft hin und her, bald umkreisten, umschwärmten sie einander, immer rascher, immer trunkener, völlig gebannt von ihrem eigenen Spiel.

Als die Nacht anbrach, landeten sie auf der Reling, die beiden Schmetterlinge, selbstvergessen, mit bebenden Flügeln. Über ihnen schimmerte die Sternenkuppel.

Saul stand noch immer an Deck. Er hatte kein Auge für Sterne und Schmetterlinge. Er sah auch das Mondlicht nicht, das sich ruhig auf den Wellen wiegte. Gebeugt stand er da und sprach mit sich selbst.

«Kann ich das tun?», wiederholte Saul ein ums andere Mal. «Es ist unsere Pflicht. Aber kann ich das tun ...?»

So verharrte er hier Stunde um Stunde, müde und regungslos, da näherte sich ihm ein Schatten. Dann klopfte ein hölzerner Stab auf seine Schulter.

«Was willst du hier, Morlon?», ertönte die Stimme des alten Mannes. «Husch, husch, geh rasch zu deinem Weibchen! Nicht lange, und die Flut wird sinken. Dann sollen junge Tiere die junge Erde bevölkern! Husch, husch! Seid fruchtbar und mehret euch!»

Saul schloss die Augen. Ein tiefer Seufzer entrang sich seiner Brust. Dann trottete er zu den offenen Luken hin und verschwand im Schiffsrumpf.

Nach einhundertfünfzig Tagen begann das Wasser zu weichen, nach zehn Monaten strandete das Schiff am Hang eines hohen Berges, und nach einem Jahr und einem weiteren Tag öffnete der alte Mann die Tür, um den Tieren die Freiheit wiederzugeben. Bald strömten sie den Schiffssteg entlang, krochen und krabbelten, schwirrten und flatterten in ihre neue Welt hinaus, zogen in riesigen bunten Scharen über das Land, dem Horizont entgegen. Lange, sehr lange dauerte es, bis auch die Letzten das Schiff verlassen hatten.

Die Morlons waren nicht dabei.

Zwei Pfarrer

Hoch oben in den Bergen, wo die Luft schon dünn wird und die Flora schütter, da lagen zwei Dörfer in den Felsen geschmiegt. Zwei Dörfer, das eine vom anderen kaum zweihundert Meter entfernt.

Ja, auch in den Bergen gibt es Menschen. Mag sein, dass ihre Ahnen Feiglinge waren, dass sie den Kampf um die saftigen Schollen in Tal und Ebene scheuten, sich verdrängen, vertreiben ließen, um wohl oder übel hier oben ihr mageres Dasein zu fristen. Vielleicht aber waren sie auch mit besonderem Mut gesegnet, ließen sich nicht unterjochen von Fronherren und Despoten, zogen ein Leben in Freiheit vor, und sei es von noch so viel Mühsal geprägt. Mag das eine oder das andere stimmen, es ist nicht wichtig. Was zählt, ist der Starrsinn, der Generationen von Berglern geprägt, der Trotz, den die raue Natur sie gelehrt hat. Denn stur und unbeirrbar sind sie allemal: Der einzige Herrscher, dessen Diktat sie sich beugen, ist Gott persönlich, der gleich über ihnen im Himmel wohnt.

Oberschlutz und Unterschlutz hießen die beiden Dörfer, und sie lagen so nahe beisammen, dass sie im Alltag zu einem einzigen Weiler verschmolzen, fast wie zwei alte Eheleute, die einander zur selbstverständlichen Stütze geworden sind. Während Oberschlutz über eine Gemischtwarenhandlung verfügte, in der auch die Unterschlutzer einkauften, befand sich die Schule, an der auch die Oberschlutzer Kinder unterrichtet wurden, in Unterschlutz; während die kranken Unterschlutzer den Fußmarsch nach Oberschlutz auf sich nehmen mussten, wo der Arzt ordinierte, wurden die schwangeren Oberschlutzerinnen von der Hebamme aus Unterschlutz versorgt. Im geräumigen Oberschlutzer Gemeindehaus hielten Gesangs- und Schützenvereine ihre Versammlungen ab, im Unterschlutzer Wirtshaus trafen allabendlich die durstigen Männer zusammen, aus welchem der beiden Schlutze sie auch immer stammen mochten.

Am Tag des Herrn aber unterblieb der sonst so rege Grenzverkehr zwischen Ober- und Unterschlutz, zumindest vor und während der vormittäglichen Sonntagsmesse. Eines nämlich teilten die Schlutzer nicht, und das waren ihre Kirchen. Oberschlutz und Unterschlutz behaupteten ihren Status als stolze Pfarrgemeinden, beide nannten je ein Gotteshaus ihr Eigen und, selbstverständlich, je einen dazugehörigen Pfarrer. Es war eine Frage der Ehre, einander in Glaubensdingen nicht nachzustehen.

Blut ist, wie es heißt, kein Wasser; das traf auch auf die beiden Schlutzer Pfarrer zu. Pater Josef und Pater Johannes waren Brüder im Geiste, und hinter vorgehaltener Hand munkelten böse Zungen, sie seien es auch in genetischer Sicht. Dass sie, wie es hieß, als ledige Kinder zur Welt gekommen waren, zeichnete sie ebenso alle beide aus wie der schüttere Haarwuchs, das fliehende Kinn und die gedrungene Statur. Ja, sie waren einander so ähnlich, dass man sie nur auf ihren angestammten Kanzeln unterscheiden konnte, wenn sie gerade Gottes Wort verkündeten. Bald aber brachten einige herzensgute Schlutzer alle Unkenrufe zum Verstummen: Natürlich, sagten sie, haben Josef und Johannes denselben Vater, den allmächtigen Himmelsvater nämlich, und was zählt da schon die Biologie? Nichts, um genau zu sein. Und dann verwiesen sie auf die tiefe Freundschaft, welche die zwei Patres zu verbinden schien, eine Zuneigung, die so rein und erhaben wirkte, dass sie den hässlichen Dorfklatsch in die gebührenden Schranken wies.

Pater Josef und Pater Johannes pflegten ihre Freundschaft vor aller Augen: Oft sah man sie über die Bergkämme wandeln, in lange, wahrscheinlich theologische Gespräche vertieft, oder einträchtig am Stammtisch des Wirtshauses sitzen. Geschwisterliebe, so dachte mancher im Stillen, kann größer nicht sein. Das kam der Wahrheit ziemlich nahe: Die beiden Pfarrer hassten einander.

Der eine bewachte den anderen, der andere belauschte den einen. Der eine belauerte den anderen, der andere bespitzelte den einen. Wache Ohren und spähende Blicke, stets auf der Hut, ständig bereit, einander auf frischer Tat zu ertappen, einander einer Lüge, einer

Sünde zu überführen: Das war der Quell ihrer Ein- und Niedertracht. Sie hielten einander in Schach, und eben deshalb sprachen sie nie darüber. Immerhin waren sie Christenmenschen, die Liebe hatte ihr tägliches Brot zu sein. Keine Macht dieser Welt hätte sie dazu bringen können, ihre Feindschaft zu bekennen, da musste schon der Teufel persönlich kommen ...

Der Teufel also. Er kam. Er erschien in seiner zweitliebsten Verkleidung, nicht als Schlange, sondern in Form eines Kartenspiels. Eines Sonntags gegen die Mittagszeit lag es plötzlich auf dem Stammtisch des Wirtshauses, und niemand schenkte ihm zunächst Beachtung. Der Unterschlutzer Bürgermeister, der wie die anderen eben erst aus der Kirche gekommen war, redete auf den Lehrer ein, während man sich an den Tisch setzte. Er war so sehr auf seine Worte konzentriert, dass seine Hände unbedacht und beiläufig nach dem Kartenstapel griffen und auszuteilen begannen. Nicht mehr als ein Reflex, durch jahre- und jahrzehntelanges Schnapsen antrainiert. Die unvermeidliche Reaktion des Lehrers folgte auf dem Fuße. Ohne weiter darüber nachzudenken, nahm er die Karten und spielte aus. Der Bürgermeister machte den ersten Stich. «I drah zua», brummte er.

In diesem Augenblick betrat Pater Josef das Lokal. Der Oberschlutzer Pfarrer erfasste die Situation sofort. Er warf ein freundliches «Grüß Gott» in die Runde, bedachte die spielenden Männer mit einem kurzen, fragenden Blick und nahm, ganz gegen die Gewohnheit, an einem der abseits gelegenen Tische Platz. Ein sanftes Lächeln umspielte seine fleischigen Lippen.

Zunächst wusste niemand das seltsame Verhalten des Pfarrers zu deuten. Dann erst, nach einer Weile, fiel es dem Lehrer siedend heiß ein: «Mein Gott, die Karten!», zischte er und warf sein Blatt auf den Tisch, als hätte er sich daran die Finger verbrannt. «Verstehts? Sonntag ist!» Jetzt ging auch den anderen ein Licht auf. Am Tag des Herrn dem Glücksspiel zu frönen galt und gilt als Sakrileg bei den Bergvölkern, als nahezu unverzeihlicher Frevel.

Pater Johannes, der nur Minuten später in die Gaststube trat, konnte sich die schuldbewussten Mienen seiner Schäfchen nicht erklären. Er versuchte es auch gar nicht lange. Alles in Ordnung, dachte er, wo Schuld ist, da ist auch Gewissen, und das Gewissen ist schließlich der Same der Christenheit, besonders das schlechte … Er sah sich suchend um, entdeckte Pater Josef in der hinteren Ecke der Stube und setzte sich zu ihm. Man wahrte den Schein. Man plauderte.

«Hast du morgen Zeit für mich?», fragte Pater Josef schließlich in beiläufigem Ton.

«Natürlich. Warum?», meinte Pater Johannes.

«Ich will beichten …»

«Wunderbar. Dann also morgen.» Pater Johannes freute sich. Sein Amtsbruder hatte gesündigt.

Der Spätherbst tauchte die Almen in goldenes Licht, noch waren die Pässe frei, und so machte sich tags darauf der Briefträger auf seinen wöchentlichen Weg ins Tal. Er verriegelte die Tür des Postamts, das in Oberschlutz lag, schulterte seine Tasche und ging los. Viele Briefe waren es nicht, die er zu tragen hatte, aber einer sah sehr wichtig aus. Der Briefträger hielt alle Briefe für wichtig, deren Anschrift er nicht verstand. Und das Wort Erzdiözese war ihm noch nie untergekommen. Pater Josef hatte ihm den Brief frühmorgens gebracht. «Gott sei Dank, dass d' noch da bist», hatte er geschnauft.

Der Briefträger ahnte nicht, dass er erst wieder im kommenden Frühjahr in seine Heimat zurückkehren würde. Denn noch am selben Abend, am Abend dieses schicksalhaften Montags, sollte der Winter einbrechen, klirrend und gnadenlos, und sollte seine lange Herrschaft über die Berge antreten.

Die Buße ist eines der sieben Sakramente der römisch-katholischen Kirche. Wer auch immer in diese weltumspannende Großfamilie hineingetauft wurde, muss zeitlebens nach Vergebung streben, nach Vergebung seiner kleinen und großen, seiner sicht- und unsichtbaren Missetaten. Der Mensch ist sündhaft, und weil auch der Papst zuweilen nur ein Mensch ist, muss sogar er die Beichte ablegen. Kaum einer weiß, wer dem Oberhirten als Beichtvater dient, er hat ja bekanntlich die Qual der Wahl unter Tausenden Priestern; in dieser Hinsicht ist der Vatikan ein wahres Büßerparadies.

Die beiden Schlutzer Pfarrer hatten es nicht so leicht. Weit und breit gab es keinen Kirchenmann außer ihnen, und so behalfen sie sich wohl oder übel miteinander. Sie wussten, was sie ihrem Herrgott schuldig waren; wenn einer dem anderen die Absolution erteilte, dann bemühte er sich nach Kräften, sein eigenes, weltliches Wesen hintanzustellen. Nichts als ein Werkzeug des Himmels darf der Beichtiger sein, durchgeistigt, unparteiisch und verschwiegen. Denn das Amt wiegt schwerer als die Natur, und wer es ernst nimmt, der übt es selbstlos und würdevoll aus.

Am Nachmittag, als der Winterhimmel schon schwer und bleiern die Gipfel umfing, pilgerte Pater Josef nach Unterschlutz. Er durchschritt das Tor der Kirche und betrat den Beichtstuhl. Pater Johannes wartete schon. Neugierig spähte er durch die kleine, vergitterte Luke in der Trennwand.

«Vergib mir, Vater, denn ich habe gesündigt ...»

«Sprich, mein Sohn ...»

«Ich habe Zeugnis wider meinen Nächsten gegeben ... Ob es ein falsches Zeugnis war, das weiß ich nicht ...»

«Erzähle. Was hast du getan?»

«Ich habe einen Brief geschrieben, einen Brief an den Bischof. Ich habe ihn vom sittlichen Verfall meines Nachbardorfs unterrichtet ...»

«Deines Nachbardorfs?»

«Ja. In Unterschlutz wird am Sonntag öffentlich dem Glücksspiel gefrönt, und der Gemeindepfarrer tut nichts dagegen ...»

Eine Zeitlang herrschte Stille. Als Pater Johannes wieder das Wort ergriff, da zitterte seine Stimme.

«Warum hast du das getan?»

«Weil ich es mit eigenen Augen gesehen habe!» Pater Josef räusperte sich. «Na ja ... wahrscheinlich auch, weil ich den Pfarrer nicht leiden kann ...»

Lange, sehr lange dauerte nun das Schweigen. Irgendwann aber ließ sich ein Murmeln vernehmen, gefährlich verhalten wie das Schnurren eines hungrigen Tigers:

«So spreche ich dich los von deinen Sünden. Im Namen des Vaters und des Sohnes und des Heiligen Geistes. Amen. Geh hin in Frieden ...»

Die Patres trennten sich wortlos. Draußen hatte es inzwischen zu schneien begonnen.

Drei Tage später stapfte Pater Johannes nach Oberschlutz, die Hände tief in den Manteltaschen vergraben. Als er am Pfarrhaus vorbeikam, blieb sein Blick an dem großen schwarzbraunen Fleck hängen, der sich vor der Eingangstür durch die Schneedecke gefressen hatte. Pater Johannes rümpfte die Nase, bog um die Ecke und stieß die hölzerne Pforte der Kirche auf. Die Luft war selbst hier noch von unerträglichem Gestank erfüllt, vom Gestank tierischer Exkremente.

Pater Josef wartete schon im Beichtstuhl.

«Vergib mir, Vater, denn ich habe gesündigt.»

«Aha ... Dann sprich, mein Sohn.»

«Ich habe meinem Nächsten Schaden zugefügt ...»

«Schaden? Und wie?»

«Ich habe dem Pfarrer von Oberschlutz Jauche in den Vorgarten geschüttet.»

«Mein Gott ... Du warst das! Na wart, du verflu...»

Gerade noch rechtzeitig besann sich Pater Josef eines Besseren. Das lästerliche Wort gerann ihm auf der Zunge.

«So spreche ich dich los von deinen Sünden ...», knurrte er stattdessen. «Im Namen des Vaters und des Sohnes und des Heiligen Geistes. Amen. Geh hin in Frieden ...»

Nach drei weiteren Tagen wurden im Pfarrhaus von Unterschlutz sämtliche Fenster eingeworfen. Der Täter wurde nicht gefangen, aber Pater Johannes fing sich eine mächtige Erkältung ein; kein Wunder bei siebzehn Grad unter null.

«... ud des Heiliged Geistes. Abed ... Geh hid ... id Frieded ...», schniefte er am nächsten Morgen. Er ließ den reuigen Pater Josef im Beichtstuhl sitzen und schaute, dass er ins geheizte Wirtshaus kam.

Der folgende Sonntag diente der Ruhe und Einkehr. Trotzdem schien es den Schlutzer Bürgern, als schlichen sich unheildrohende Töne in die Predigten ihrer Pfarrer. Von zersetzenden Mächten war da plötzlich die Rede, denen Einhalt geboten, vom nahenden Untergang, der aufgehalten werden müsse. Mehr als einmal fiel der Name Luzifers, des gefallenen Engels, der vom Nachbardorf aus den Gemeindehimmel bedrohte. Handfeste Fakten wurden nicht genannt; die Patres hielten sich allgemein, um das Beichtgeheimnis nicht zu verletzen.

Trotzdem: Als tags darauf das Haus des Pater Josef in Flammen aufging und wenige Stunden danach jenes des Pater Johannes, da wussten die Bergler, was zu tun war. Sie zögerten nicht, dem Feind entgegenzutreten; ihr Glaube verlieh ihnen Kraft und Mut.

«Auf nach Unterschlutz!», riefen die Oberschlutzer.

«Auf nach Oberschlutz!», brüllten die Unterschlutzer.

Schon flogen die ersten Steine, die man aus dem Schnee gegraben hatte, und von Steinen zu Sensen und Heugabeln war es nicht weit. Die Fackeln, die zu Beginn noch das Schlachtfeld erhellten, wurden zu Boden geworfen: Bald loderten die ersten Brände in nahe gelegenen Höfen und Scheunen; sie spendeten den Kämpfern Licht genug. Furchtlos stürzten sich die Schlutzer ins Gefecht, bereit, für die gerechte Sache ihr Leben zu lassen. Und welche Sache konnte gerechter sein als der Kriegszug gegen das Böse, der Kampf gegen das gottlose Bruderdorf?

Im Zentrum des Getümmels standen, Aug in Aug,

die beiden Pfarrer. Mag sein, dass sie froren, doch sie zitterten nicht. Lange, sehr lange standen sie da und maßen einander mit festen Blicken, während rundum die Schlacht ihrer Schäfchen tobte. Endlich hob Pater Johannes zum Sprechen an.

«Du Misthund!», stieß er hervor und schlug ansatzlos auf Pater Josefs Nase. «Vergib mir!»

«Ich spreche dich los!», stöhnte Pater Josef. «Geh hin in Frieden, du Drecksau!» Er schnellte vor und schlug Pater Johannes zwei Zähne aus. «Vergib mir!»

«Ich spreche dich los!», lispelte Pater Johannes. «Amen, du Schwein!» Seine Faust verfehlte Pater Josefs Auge und riss ihm das linke Ohrläppchen ab. «Vergib mir!»

Sie fielen zugleich, und noch im Fallen versuchten die beiden, einander den Rest zu geben: Geben, dessen waren sie eingedenk, ist nämlich seliger als Nehmen. Des einen Hand in des anderen Haarschopf vergraben, des anderen Knie in des einen Unterleib versenkt, so sanken sie gemeinsam in den Schnee. Dann lagen sie reglos und starrten zum nächtlichen Himmel empor.

«Warum?», flüsterte Pater Johannes schließlich.

«Weil du ... Weil du mich immer bei der Mutter verpetzt hast ...»

«Die Mutter hat dich aber ... viel lieber gehabt als mich ...»

«Vergib mir ...»

«Du mich auch …»

«Amen …»

Tags darauf, als die Feuersbrünste gelöscht und die Schlutzer Gemüter zur Ruhe gekommen waren, ging man daran, die Toten zu bestatten. Viele waren gestorben, und auch die zwei Pfarrer hatten die Nacht nicht überlebt. In enger Umarmung, so fand man sie in der Mitte des Schlachtfelds liegen. Unter ihren gefrorenen Leibern war die Schneedecke vom brüderlichen Blut getränkt.

Der Arzt versuchte vergeblich, die beiden zu trennen: Der Frost und die Leichenstarre hatten sie aneinandergeschmiedet. Ein Herz und eine Seele waren sie im Leben gewesen, wie Pech und Schwefel traten sie nun ihre letzte Reise an: Man verscharrte sie schließlich in einem gemeinsamen Grab.

Der Wickerl

Das hat er davon, der Wickerl, das hat er von seinem Aberglauben, von seiner blöden Endzeithysterie und von seinem idiotischen Verantwortungsbewusstsein. Das hat er davon. Jetzt sitzt er da.

Er war sonst nicht so, der Wickerl. Er war doch eher ein rationaler Mensch. Also Mystik und Magie und solche Sachen haben ihn schon ein bisschen interessiert, aber mehr zum Spaß, für die kleine Gänsehaut zwischendurch. Und auf seinen Komfort wollte er auch nicht verzichten. Aber das muss man nicht extra erwähnen: Der Wickerl mit seinen hundertfünfzig Quadratmetern und alles drin, Geschirrspüler, Hometrainer, Video, ein Supercomputer … Er hat immer gesagt, der Wickerl: «Wenn schon alles im Arsch is, dann bitt schön wenigstens mit Wasserspülung.»

So war er halt. Und jetzt sitzt er da.

Dann ist nämlich das neunundneunziger Jahr gekommen. Und die depperte Jahrtausendwende. Und plötzlich ist er völlig ausgerastet, der Wickerl, aber wirklich völlig, im Frühling schon. Hat begonnen, nur noch Weltuntergangsbücher zu lesen, von Nostradamus und Fatima und wie sie alle heißen. Man kennt das ja, man weiß ja, was die Buchhändler zur Jahrtausendwende in ihre Auslagen stellen, damit sie ein Geschäft machen. Und dann ist er herumgelaufen, der Wickerl, mit seinen großen Augen, und ganz blass war er und hat allen Leuten erzählt, dass es stimmt, dass es diesmal wirklich stimmt mit der großen Katastrophe. Dass sich drei Viertel der Menschheit ausrotten werden, noch vor dem Jahresende, und dass das alle Propheten gesagt haben, übereinstimmend, und man braucht sich nur das Horoskop für den elften August und so weiter. «I weiß es, i spür das einfach, es is wirklich wahr, schau di doch bitte um, was da abläuft, schau di um! Glaubst, das kann so weitergehn? Der Irrsinn muss ja ein End haben!» Richtig mulmig hat einem werden können, wenn einen der Wickerl in die Fänge gekriegt hat, der Wahnsinnige.

Und plötzlich, irgendwann im März, hat er sein Auto verkauft, der Wickerl, und ist von der Bildfläche verschwunden. Weg war er. Also nicht so lange, drei, vier Wochen vielleicht. Und wie er dann zurückgekommen ist, hat er fröhlicher ausgeschaut, und alle haben sich gedacht, na ja, der Urlaub hat ihm gutgetan.

Weit gefehlt! Dann hat er erst richtig losgelegt! Er hat alles verkauft, aber wirklich alles, die Lebensversicherung, die Wintermäntel, die Möbel, einfach alles. Und dann hat er diese abgefahrene Versammlung einberufen, in seinem Stammcafé. Wer keine Zeit gehabt hat oder keine Lust, dem hat der Wickerl gesagt: «Pass auf», hat er gesagt, «wennst du net kommst, siehst mi du nie wieder! Und zwar ohne Schmäh!»

Man hat eine ordentliche Angst vor ihm haben können, in dem Moment.

Und am Ende waren auch alle da. Verwandte und Freunde vom Wickerl, die Eltern, sogar die Exfrau mit dem Kind. Das war ein Abend, zehnmal besser als Fernsehen. Irgendwann ist der Wickerl aufgestanden und hat begonnen.

«I spür's», hat der Wickerl gesagt, und seine Stimme hat gezittert, «i spür, dass da bei uns bald alles aus is. I weiß zwar net, wie's passiert, aber dass' passiert, das weiß i. Schauts euch doch an, schauts euch's an, euer grindiges Leben. Mir san doch alle scho längst versteinert in unserer Müdigkeit, in unserer Verstörtheit, in unserer Hoffnungslosigkeit. Schleppen uns irgendwie dahin, Tag für Tag, völlig fertig, total marod aus lauter Furcht voreinand und vor uns selber. Und rundherum bäumt si alles auf, die ganze Welt, wirr und ohne Ziel rasts dahin, grad wie im Todeskampf! Und was, bitte, machen mir? Nix. Mir stehn da mit vollen Hosen. I sag's euch: Am Balkan oder sonst wo schlagen sich die Depperten die Schädeln ein. Und da, bei uns, in der versumpften Melange aus fadem Aug und Delirium, da wird bald genauso Schluss sein. Aber ohne mi! I geh vorher weg. So. Und mei Herz will i net dalassen, mei Kind nämlich, und mei Kind braucht wieder sei Mutter, und ihr andern, wie ihr da sitzts, sollts auch mitkommen. Weils ihr meine Freund seids. Wachts auf! Kommts mit! Lassts uns ein neues Leben anfangen!»

Es waren alle ziemlich still. Die Situation hat etwas, na ja, etwas Biblisches gehabt. Man hat nicht recht gewusst, ist der Wickerl mehr Moses oder ist er mehr Noah.

Jedenfalls hat der Wickerl dann von einer Insel irgendwo am Arsch der Welt erzählt, auf die kein Trottel je eine Atombombe verschwenden würde, und dass sie Pukapuka heißt und dass er, der Wickerl, dort gewesen ist. Und er hat Karten aufgehängt vom Ozean und eine Skizze von der Insel, auf der in Strandnähe fünf Hütten eingezeichnet waren. Die sind zu dem Zeitpunkt gerade gebaut worden, mit dem Geld vom Wickerl seinem Auto. Ist nicht so teuer, Bauen auf Pukapuka.

Aber dann, am Schluss, hat der Wickerl in seine Tasche gegriffen, der Verrückte, und hat ein dickes Paket rausgezogen. Flugkarten. Für jeden Einzelnen hat der Wickerl ein Ticket gekauft. Mitte Juli, Wien–Wellington und nicht retour. Es werden schon dreißig Stück gewesen sein, man kann sich vorstellen, was das kostet. Na, jedenfalls alles, was der Wickerl gehabt hat. In Neuseeland, hat er gesagt, wartet dann schon ein Schiff auf uns, das uns nach Pukapuka bringt.

Es ist dann leider doch nichts geworden aus der Wiener Kolonie auf Pukapuka. Ein paar haben gemeint, sie können sich das Rückflugticket nicht leisten, ein paar haben beruflich nicht können oder weil ihr Geld langfristig angelegt war. Immerhin, die meisten haben ja auch wieder Familie und Freunde gehabt, und denen den gleichen Vorschlag machen? Keiner wollte so dastehen wie der Wickerl, vollkommen irrsinnig. Und sein Kind, das hat der Wickerl auch nicht mitnehmen können. Und das hat ihm irgendwie das Herz gebrochen. Aber bitte, wer geht schon mit dem Exmann ans Ende der Welt, und das ohne Rückfahrkarte? Und wer überlässt sein Kind schon einem Wahnsinnigen, an einem Ort, wo es nicht einmal eine Schule gibt?

«Darfst den Papa einmal besuchen», hat seine Ex zur Kleinen gesagt, «nächstes Jahr vielleicht ...»

Der Wickerl hat müssen gehen. Allein. Er hätte nicht einmal bleiben können, wenn er hätte wollen. Kein Geld, keine Wohnung. Aber fünf Häuser auf Pukapuka, nur für sich. Und er ist gegangen.

Das hat er jetzt davon. Ein anderer hätte sich still und leise absentiert und wäre halt zurückgekommen, wenn der ganze Zweitausenderspuk vorbei gewesen wär. Jetzt sitzt er da, der Wickerl, ohne Hometrainer und ohne Lebensversicherung, ohne Geschirrspüler und ohne Computer, ohne Postwurfsendungen und Talkshows, Handy und Internet, Gasrechnungen und Steuerberater, Verkehrsampeln und Ärztestreiks, ohne Krankenscheine und Quadrophonie und Mehrwertsteuer und Neujahrskonzert und Faserschmeichler und «Wetten, dass ..?».

Jetzt sitzt er da, der Wickerl, auf Pukapuka, und er hat nichts, gar nichts mehr, nur das Wasser und den Sand und die Sterne.